多田富雄

Tada Tomio

邂逅《かいこう》

鶴見和子

Tsurumi Kazuko

藤原書店

邂逅

目次

邂逅

かいこう

スーパーシステム

超《スーパー》システムは、要素そのものを自ずから作り出し、システム自体を自分で生成してゆくシステムである。要素も関係も初めから存在していたわけではない。多様な要素を作り出した上で、その関係まで創出する。作り出された関係は、次の要素を生み出し、それを組織化してゆく。組織化されたものは、そこで固定した閉鎖構造を作り出すのではなくて、外界からの情報に向って開かれ、それに反応してゆく。反応することによって、自己言及的にシステムを拡大してゆく。

（多田富雄『生命の意味論』より）

内発的発展論

内発的発展は、人間がその生まれた地域に根ざして、国の中でそして国を越えて、他の人々と、そして人間がその一部である自然と、共にささえあって生きられるような社会を創っていくことを志す。その志を、これまで思い及ばなかったような独創的な形相《かたち》と方法《てだて》で展開してほしいと希求する。

（鶴見和子『コレクション鶴見和子曼荼羅』より）

序

鈍重なる巨人（抄）

多田富雄

死の国からの帰還

二〇〇一年の五月、私は旅行中の金沢で突然脳梗塞で倒れ、三日の間死線を彷徨っていました。半ば夢のようでしたが、その間のことはよく覚えています。死に直面していることを承知していたのですが、不思議に恐怖は感じませんでした。ただ恐ろしく静かな沈黙があたりを支配していたのを覚えています。

海か湖か、黒い波が押し寄せていました。私はその水に浮かんでいたのです。ところが水のように見えたのはネトネトしたタールのようなもので、浮かんでいた私はその生ぬるい感触に耐えていました。

　私のそばには一本の白い腕のようなものがあって、それが私にまとわりついて離れません。その腕は執拗に私をタールのような水に引きずり込もうとしていました。どこまでも、どこまでも離れようとしません。私は白い腕から逃れようとあがいていました。

　あれは誰の手、私の手ではあるまい。それでは誰の手であろうかと私は考えました。考えても考えてもその先は分からない。こんな気味の悪い経験をしたことはありません。

　私はその手に付きまとわれながら、長い間水の上を漂っていました。そうこうするうちに大きな塔のようなものが見えてきました。四角な威圧的な塔です。窓のまったくない、のっぺらぼうの塔でした。

　下は見渡す限りの灰色の廃墟です。荒れ果てて人が住んでいる形跡はない。それがさっきのタールのような海に続いていました。塔の上には一本の旗が立って、それが風に翻っているのが、夜目にもはっきりと分かりました。これは死の国に相違ない。それならば神様がいるかと思って探してみたのですが、どこにもその気配はありませんでした。

こんなところまで来てしまったからには、引き返すわけには行くまい。ものすごく淋しかったが、不思議に恐怖感はありませんでした。でも、あんな孤独感を味わったことは初めてです。

もう諦めていたのに、目を覚ましたのは明け方でした。まず目に入ったのは妻の心配そうな顔です。東京から駆けつけてきて寝ずに見守っていたのでした。安堵の気持ちが表情に表れています。

しかし、気がついたときには右半身が完全に麻痺していました。手も足も動かない。驚いたことに寝返りもできませんでした。

もっと仰天したことは、その瞬間から言葉が一切しゃべれなくなったことです。訴えようとしても声にならない。叫ぼうとしても言葉にならない。そのときの恐怖は筆舌に尽くせません。もう死んだと思っていたのに、私は生きていた。それも声を失い、右半身不随になって。

カフカの『変身』という小説は、一夜のうちに虫になってしまった男の話ですが、私もそんなふうでした。到底現実のものとは思えませんでした。

困惑

全く突然の、信じられない異変でした。突然こんなことになって、後をどうすればいいのでしょうか。私のスケジュールは詰まっていました。まず六月には、スエーデンの国際免疫学会で講演の予定が入っていたはずです。私が三年間プレジデントを務め、今度の学会で引退するので、労をねぎらってディナーが開催されることになっている。学者としての花道です。その日はもう目前に迫っている。講演の原稿も書いてあります。キャンセルの手紙を書かなければならないのですが、字はもう書けません。言葉はしゃべれないから、指示することもできません。どんなに仲間の研究者や友人ががっかりするでしょうか。華やかな会食の場面を思い浮かべては悲しくなりました。

外国出張の予定も目白押しです。特にこの秋予定されている会議には、特別講演が課せられていて、ずいぶん前から準備していたものです。そのほか今年だけでも、シカゴ、カンボジア、ケニア、韓国などに行く予定がありました。みんな諦めなければならない。それより体も動かず言葉もしゃべれない状態で、主催者にどうやって断ればいいのか、困惑しました。

そのほか講演の約束や、対談の予定など、次々に浮かんできます。考えると申し訳が立たない。みんなキャンセルしなければなりません。

ことに鶴見和子さんとの対談は、日にちまで決まっていました。この碩学と対話するのは願ってもないことでした。偶然にも同じ病気に侵されたもの同士になって、運命の不思議さを感じます。自分の唇でしゃべりたかった。新聞や雑誌の連載もありました。曲がりなりにも文筆を仕事としてきたものが、右手が麻痺し、声さえも出ない。利き腕なしでどうして文章が書けるでしょうか。言葉がしゃべれないので、口述筆記などの手段さえ使えないとすれば、もう終わりです。私は手で書いてきたので、ワープロなど使い方も知りません。そんな思いが去来して絶望しました。

私はおしゃべりではありませんが、人と談笑するのは好きでした。エスプリのある対話をいつも心がけてきました。いくつか対談集も出しています。それが一言もしゃべれないのですから、途方にくれました。

まもなくストレッチャーに縛り付けられ、MRI（核磁気共鳴装置）の検査室に運ばれました。瞬く間に密室にある大きな機械装置にくくりつけられました。抵抗しても無駄なことは分かっていました。

耳のそばで、ポカンポカン、ポヤポヤポヤ、と音がし始め、それがジージーコ、ガーガーガー、ビビビビ……というような音に変わります。頭骸骨の中を透視して、脳の断面図を作る検査です。なんだか非現実の空間に入ってしまったような気がしました。やがて音はすさまじい騒音となり、私は助けを呼ぼうとしたが、声はでません。逃げることもできない。舌が捩《よじ》れて喉に落ち込み、およそ三〇分後に息も絶え絶えになって救出されたときは人心地がしませんでした。夢ならば覚めよと思ったが、それが現実でした。

診断は仮性球麻痺による重度の構音障害で、言葉のほかに嚥下機能も冒され、食事ばかりか水も飲めないことが分かりました。もうそろそろ二年という今も、朝夕チューブを入れて水分を補給しているのです。

リハビリ始まる

時を移さずリハビリテーションが始まりました。立つことなんか勿論できない。ベッドに座るのさえ不安定です。体がかしいで倒れてしまう。できそこないの起き上がり小法師のようです。それより、まだ何が起こったのか定かには分からなかった段階です。分からぬままにいろいろな訓練が始まる。発作後二週間にもなったころです。

それまではベッドに横になったままだったのですが、突然何の説明もなくリハビリ室へ連れて行かれました。担当の理学療法士は、日常生活に必要な基本的な動作のやり方を、親切に教えてくれました。車椅子からベッドへの乗り移り方、寝返りのうち方、ベッドに座ったままでの腰のずらし方、こんな基本的なことがはじめから教えられなければ難しいのです。でも私はこの二週間、何も食わずに管を鼻から入れたまま、ベッドに横たわっていただけなので、はじめは起きて体を動かすことがうれしかった。

そこでは私と同じような半身不随の老人たちが、黙々と訓練していました。初めての来訪者に彼らの目が集中しました。ぞっとするような目です。目が合ってもすぐにそらそうとはしません。また一人犠牲者が増えたぞと、あざ笑っているかのように私には見えて戦慄しました。まるでお化けの世界に連れてこられたように私には思えました。私もお化けの一人になってしまったのです。

長い腿まである装具をつけて、歩く練習をするのはつらかった。この麻痺した足で歩くなどできるはずがないと思いました。でもプログラムに従ってやるよりほかなかったのです。むしろそうすることは、混乱した頭の私にとって救いですらあったのです。

理学療法士は親切に歩き方を基本から教えてくれました。そこには合理的な規則があることが分かりました。麻痺した筋肉をどのようにカバーするか。

少しでも機能が残っている筋肉を探して力を引き出すか。経験によってそれを知っているらしい。理学療法士にひとつ一つ教えられて、私はリハビリテーションが科学的なものであること、決しておざなりの生活指導のようなものではないことを実感しました。ここで教わったことが後まで役に立ったことを、今でも感謝しています。

そのほかに作業療法と言語療法が毎日課せられました。それぞれの専門の療法士に従って訓練のスケジュールが立てられました。なかなか忙しい毎日です。私は何も分からないままにそれに従うよりほかありませんでした。リハビリは時を逸してはならないと主治医から言われたので、それに従っただけです。

私は来る日も来る日も、訓練に汗を流しました。やっとつかまり立ちができると、次は平行棒の中で、一歩二歩歩く。足がもつれて転倒しそうになります。療法士に抱きかかえられるようにして、やっと一歩歩くことができるという日が一ヶ月続きました。

北陸も梅雨に入ると、窓から青田が見えました。訓練から帰ると、病室の窓を開けて稲の苗が獰猛なほどの力で一日一日成長しているのを眺めたものです。それ以外に、時間というものを実感することはなかったのです。

私の行動半径は、二ヶ月たってもせいぜい車椅子で五〇メートルを越えませんでした。たまに金沢の友人が車椅子を押して、別の病棟へ連れて行ってくれました。その病棟の窓からは、日本海を見渡せました。晴れた夕方は、落日が見事でした。直径が一七五センチもあるように見える夕日が、見る見るうちに一本の金の線となって海に隠れるまで、私は無言でじっと眺めました。

この間わたしは夢うつつで暮らしていました。毎日誰かが見舞いにきてくれたが、混乱した頭はほとんど覚えていません。ただ、いつも不安におののき、泣いたり怒ったり、感情の起伏は激しかったと思います。

自己はどこへ行ったか

私が心配したのは、脳に重大な損傷を受けているなら、もう自分ではなくなっているのではないかということでした。そうなったら生きる意味がなくなってしまいます。頭が駄目になっていたらどうしようかと心配しました。それを手っ取り早く検証できるのは、記憶が保たれているかどうかということでした。

まず九九算をやってみたが大丈夫でした。次に、覚えているはずの謡曲を頭の中で歌ってみた。はじめは初心者の謡う『羽衣』をおそるおそる謡ってみましたが、全部思い出すことができました。私が病気になる前に、鼓のおさらい会で打った『歌占《うたうら》』はどうか。難しい漢語の並んだ文句です。これも大丈夫でした。

しかし、死んで三日目に蘇って、その間に見てきた地獄の有様を物語るという能『歌占』です。地獄のクセ舞と呼ばれる謡の、「飢えては鉄丸を飲み、渇しては銅汁を飲むとかや」という文句を思い出しているうちに、今の自分の境遇を思い起こして、嗚咽してしまいました。

鈍重なる巨人

しかしある日のこと麻痺していた右足の親指が、ぴくりと動いたのです。予期しなかったことで、半信半疑でした。何度か試しているうちにまた動かなくなってしまいました。かすかな頼りない動きであったが、はじめての自発運動だったので、私は妻と何度も確かめ合って、喜びの涙を流しました。自分の中で何かが生まれている感じでした。それはあまりに不確かで頼りなかったのですが、希望のあいまいな形が現れてきたような気がしました。とにかく何かが出現しようとしていました。

その時突然思いついたことがありました。それは電撃のように私の脳を駆け巡ったのです。何かが私の中でピクリと動いたようでした。

私の手足の麻痺が、脳の神経細胞の死によるもので、決して元に戻ることがないくらいのことは、良く理解していました。麻痺が始まるとともに何かが消え去っていなくなるのです。普通の意味での回復なんてありえない症状なのです。神経細胞の再生医学は、今進んでいる先端医学のひとつですが、まだ臨床医学に応用されるまでは進んでいません。神経細胞が死んだら再生することなんかあり得ないのです。

もし機能が回復するとしたら、元通りに神経が再生したからではないはずです。それは新たに創り出されるものだ。もし私が声をとりもどして、私の声帯をつかって言葉を発したとしたら、それは私の声だろうか。そうではないでしょう。私が一歩を踏み出すとしたら、それは失われた私の足を借りて、何者かが歩き始めるのです。もし万が一、私の右手が動いて何かを摑んだとしたら、それは私ではない何者かが摑むのでしょう。

私はかすかに動いた右足の親指を眺めながら、これを動かしている人間はどんなやつだろうとひそかに思いました。それは私の神経が再生したものではなく、未知の新しく生まれたもののはずです。もしそうだとすれば、そいつにあってやろう。私は新しく生まれるものに期待と希望を持ちました。

私は大江健三郎の小説の言葉を借りて、心の中で叫びました。新しいものよ、早く目覚めよ。今は弱々しく鈍重だが、無限の可能性を秘めて私の中に胎動しているように感じたのです。私には、彼が縛られたままもがいている巨人のように思われました。彼は声も出ないまま、自分の中でうごめいているように思われ、そのよわよわしい動きが、かえっていとしいものと映りました。

詩の復活

そのころ、金沢の友人がワープロを差し入れてくれました。かつて使ったことがないから、字を入力しても間違った文章しか出てきません。それでもこれしか自分を表現する手段がないとなると必死です。分からないところを尋ねるのも一仕事です。何しろ言葉が使えないのですから。

私のワープロのレッスンは大変でした。友人にそばで見ていてもらい、何度も間違いを入力します。そうやって、質問の意味が分かればいいが、どうしても分からないときは左手で字を書いて聞きます。字は判読できないほど乱れ、友人はそれを読む努力をしなければなりませんでした。それでも複雑なことは分かりません。仕方がない。全部初めからやり直すほかはありません。それでも試行錯誤で、何とか曲がりなりにも使えるようになりました。一枚の原稿に一時間あまりかかりました。

でも私は自分を表現する手段を手に入れました。発作の夜のことを思い出していると、突然不思議に高揚した気持ちになって、詩のようなものを書きつけました。私の中に詩がよみがえったのです。そのころに書いた詩が何篇かあります。

失われた言葉

言葉の訓練も始まりましたが、一言も声になりません。そのときはじめて鏡を見せられて、私はあっと息を飲みました。これが私なのでしょうか。鏡に映っているのは、ゆがんだ無表情の老人の顔でした。あの訓練室で見た、お化けのような老人は自分だったのです。

右半分は死人のように無表情で、左半分はゆがんで下品に引きつれていま す。表情を作ろうとすれば、ますますゆがみはひどくなりました。顔はだらしなく涎をたらし、苦しげにあえいでいます。これが私の顔でしょうか。

ミケランジェロの「最後の審判」に、皮をはがれ、ぶら下げられた男の像があります。政敵におとしめられたミケランジェロの自画像だといわれています。まるでその男のように醜悪な顔がそこにあったのです。びっくりして発音の訓練どころではなかった。それは恐怖に近い体験でした。

顔の右半分は動きません。動かそうとすると、唇は左に引き寄せられ醜くゆがみました。思い出すのもいやな下品で粗野な、地獄からの使者のように思われました。私は言葉の訓練も忘れて、鏡の中の自分の顔と心の中でしばらく格闘しなければなりませんでした。

驚きはそれだけではありませんでした。舌がまったく動きません。舌を出して御覧なさいといわれても舌はピクリともしません。まるでマグロの切り身のように、だらりと横たわったままです。舌を上の歯の裏側に付けてくださいといわれようと動きはしません。ましてや、タッタッと舌打ちしてなどというのは無理というものです。

軟口蓋の動きがまったくないので、声を出そうとしても全部鼻に抜けてしまいます。ただスースーと風のような音がするばかりです。私は永遠の沈黙の世界に閉じ込められてしまったのです。

私の唯一の外部とのコミュニケーションの手段は、トーキングエイドという、ボタンを押して文章にすると、声になって出る機械を利用することでした。見舞いの客が来ても一言もお礼がいえません。夜更けに一人でベッドにもぐっていると、自分が水草の影にじっと息を潜めている三センチばかりの深海魚になった気がして愕然としたこともありました。

リハビリの医学

それから都立駒込病院、東京都リハビリテーション病院と転々としながら、リハビリに専念しています。その間に私はリハビリテーション医学について納得することがありました。

この学問はまだ歴史が浅い。学問としては未完成です。私が医学生のころはリハビリテーション医学などないに等しかった。東大の医学部でも、診療科があるだけで、講座として独立してはいません。それに対象が一人一人違う。同じ脳梗塞でも部位によって違う症状が出ます。さらに同じような右麻痺でも個人によって症状が違うのです。脳腫瘍やリウマチでは当然違った病状となるはずです。基礎になる類型学がまだないのです。

それなのに、リハビリの医学はその多様性に対処しなければならないのです。普遍性を目指す科学にはなりにくい学問です。

だからマニュアルはないのが当然です。一人一人の患者に違った対応が求められるとしたら、患者に直接接する理学療法士の経験がものを言う。つまり患者が教科書なのです。それを一人一人の患者で検証する。その知識は理学療法士の体に蓄積されるよりほかないのです。経験ある理学療法士はなかなか得がたいのです。

その点私は運がよかった。金沢でも東京でも、経験ある腕利きの理学療法士の熱心な指導を受けることができました。

杖を突いてではあるが、最初の一歩を踏み出したときは、感激で涙がこぼれました。私の中の鈍重な巨人がゆっくりと歩み始めたのを感じたからです。

発作後半年が過ぎていました。

ものを食べて生きること

私が口からものを食べられないのは、喉の筋肉が麻痺し、飲み込みの反射がうまく起こらないためです。約三ヶ月過ぎたとき、嚥下造影を行い、多少の危険はあるが試みに試食させるという判断が下されました。そうしなければ喉や舌の筋肉が萎縮して、一生食物が飲み込めなくなるからです。

食事といってもドロドロのミキサーですりつぶしたものです。言語療法士の立会いの下に、一さじ恐る恐る口に含む。やっと飲み下してため息をつきました。味など分からないはずです。これが三ヶ月ぶりで口にしたはじめての食物でした。

大丈夫だと分かって、食事は粥食となりました。ベッドを三十度に固定し、それに寄りかかって食事します。それが一番安全な姿勢なのです。ちょっと体を立てると気管の方に食物が流れてしまいます。命がけの食事です。

どろどろの形をとどめない食事でも、口から食べるのは感激でした。心配していた味覚の障害はありませんでした。微妙な野菜の味も分かるので安心しました。時にどこかに胡麻の香りを嗅ぎ当てて、私は感激して泣いてしまいました。

しかしそれは新しい苦しみの始まりでもあったのです。神経の支配を絶たれ、動かすことのなかった私の舌は筋肉が薄くなり萎えてしまっていたのです。ものを口の中で自由に動かせない。咀嚼が不可能なのです。噛み合わせも変わってしまい、よく噛めない。嚥下反射もうまく起こらないので物が飲み込めないのです。喉の奥に手を入れても、反射が起こらずオエッとはならない。嘔吐反射までも消失していたのです。

食事のたびに私は激しく噎《む》せ、一椀の粥にも苦しみました。喉の奥の断崖に食べたものがとどまり、ためらいながらいまや落ちようとする。うまく落ちればいいが、引っかかれば気管の方に迷入してしまいます。じきに喉の奥がむず痒くなってきます。その後は激しい噎せです。まるで自分の肺を吐き出そうとするように、噎せて苦しみます。ちょっと間違えれば嚥下性肺炎の恐れがあります。

不思議なことに、管で栄養を入れていた間は、体重は減りませんでしたが、口からものが食べられるようになってから急激にやせました。七三キロあった体重は五四キロに減ってしまいました。噎せるのが怖くて、空腹でも食べられないからです。それにいつも糊のような灰色の食物です。みんな同じようで、味では区別が付かない。おなかがグーグー言っても食欲が出ないはずです。私は目を瞑るようにして飲み下しました。

こんな日々が続いて、十ヶ月の後に自宅に戻りました。体のほうはリハビリで幾分よくはなったものの、いまだにしゃべること、水を飲むことは全くできません。

杖を突いて、肩と腰を支えられて、五〇メートル歩くのがやっとです。筆舌に尽くせないほどの苦痛はまだ続いています。

その後、ピクリと動いた私の右足の指は、また動かなくなりました。巨人だとしても鈍重なやつです。でも私は彼がいつ目覚めるかと、いつも足指を見つめています。

新しい人は生まれるか

私の麻痺は重度だから、いくらリハビリをしても回復はおぼつかないでしょう。脳の一部は死んでしまったのです。神経細胞は二度と再生しません。誰かに起こりうることは自分にも起こります。突然の不幸に苦悩し、絶望して一時は自死まで考えましたが、今ではせっせとリハビリに通っています。

入院中は毎日のスケジュールに従っていればよかったが、退院後のリハビリはつらいものです。週四日、雨の日も雪の日も、妻に車椅子を押させて病院に通います。そして強制的な機能訓練です。私は一生懸命やっているつもりだが、なかなか歩けるようにはなりません。こんな苦しいリハビリの訓練を続けるのは何故だろうかと、時々考えます。リハビリなんかやめて、電動車椅子にバリアーフリーの部屋、介護保険などを使って、安楽に暮らせばいいではないかといわれます。

でも私はそうはしないつもりです。いくらつらくても、私はリハビリを楽しみにしています。週に四日間、歩行訓練と言語機能回復のために、病院に通うのが日課になった。私にも家人にも大変な負担です。そんなことをしても、目だって良くなる気配は見えません。終わりのない、不毛の努力をなぜ続けているか。

その理由を書いておきます。

一茶の句に、「露の世は　露の世ながら　さりながら」というのがあります。そんな心境なのです。死ぬのはもうちっとも怖くないのですが、しいて死ぬつもりはありません。むしろ生きるのが問題なのです。そのほうがずっと苦しいはずです。それも生きることをいとおしんで生きるのです。露の命だっていいではないか。生命の導くままに生きるのだ。

私には、麻痺が起こってから判ったことがありました。自分では気づいていなかったが、脳梗塞の発作のずっと前から、私には衰弱の兆候があったのです。自分では健康だと信じていたが、本当はそうではなかった。安易な生活に慣れ、単に習慣的に過ごしていたに過ぎなかったのではないか。何よりも生きているという実感があったでしょうか。元気だというだけで、生命そのものは衰弱していたのに気づかされました。毎日の予定に忙殺され、そんなことは忘れていたに過ぎなかったのです。発作はその延長線上にありました。

それが死線を越えた今では、生きることに精いっぱいなのです。それは自分の中で生まれつつある新しい人への期待からです。元の体には戻らないが、毎日のリハビリ訓練でゆっくりと姿を現してくる何かを待つ心があります。体は回復しないが、生命は回復している。その生命は新しい人のものです。ひょっとするとあの巨人が私の中に生き返ったかもしれません。

今日はサ行の構音が幾分聞き取れたと言語療法士が言ったとか、今週は麻痺した右の大臀筋に力がはいっていたと理学療法士に力づけられたとか、些細なことが新しい喜びなのです。リハビリとは人間の尊厳の回復という意味だそうだが、私は生命力の回復、生きる実感の回復だと思っています。

まだ一人で立っていることさえままならないが、目に見えない何かが体に充ちてきているのを感じます。目に見える障害の改善は望めないのですが、何かが確実に回復していると感じるのです。どうもそれは、長年失っていた生命感、生きている実感です。もともとの私でなく、新たに生まれたものの生命です。

生命の回復なんて、どうもそのようなものらしい。長い冬の間に、目に見えない力が樹木に充ちてきて、いつの間にか芽になっている。蕾《つぼみ》さえも膨らんでいる。新たに生まれた生命です。その花だって「遅速あり」と古人は言いました。その力は誰にも見えないでしょう。

長年失っていた生命が見えない速度で充実し、回復しようとしているのを感じています。新しい人の生命です。そんな力は、皮肉なことに体が丈夫だったら感じることはなかったでしょう。

つらいリハビリに汗を流し、痛む関節に歯を食いしばりながら、私はそれを楽しんでいます。失望を繰り返しながらも、体に徐々に充ちてくる生命の力をいとおしみ、毎日の訓練を楽しんでいます。それが元の自分のものなのか、新しく生まれつつある人のものなのかは不分明です。

いつ新しい人が生まれるのか、それは分かりません。たとえ露の命であっても、その誕生の期待に満ちて生きているというのが毎日なのです。

（二〇〇三年五月）

回生

鶴見和子

斃《たお》れてのち、元《はじ》まる

「回生」から「花道」へ

「斃れてのち、熄《や》む」というけれど、わたしは、人間は「斃れてのち、はじまる」と思っています。

わたしは一九九五年十二月二十四日に脳出血で倒れました。しかし、幸いにして命をとりとめ、運動神経は壊滅状態で左片麻痺になったけれども、言語能力と認識能力は完全に残りました。倒れてからいっときも意識を失うことがなく、その晩からことばが短歌のかたちで湧き出してきました。病院に入院中の歌をまとめて、歌集『回生』として自費出版しました（二〇〇一年藤原書店より公刊）。しかし、そのときはまだ車椅子の生活で、歩くことはできませんでした。

ところが、一九九七年元旦に、日本のリハビリテーションのくさわけの上田敏先生から、速達をいただきました。「一度、診察してあげたい」と申し出てくださったのです。これは天の恵みでした。わたしはすぐにお電話をして、「ご指定の病院にうかがいます」と申し上げました。上田先生は、茨城県守谷町の会田記念病院をご指定くださいました。

一月十五日に入院しました。そのとき会田記念病院は、冬枯れた田んぼの真ん中に立つ、古い小さな病院でした。そこでわたしは、

回生の道場とせむ冬枯れし田んぼにたてる小《ち》さき病院

と詠みました。そして上田先生にお話ししたら、上田先生は反論されました。「わたしは、道場ということばは嫌いです。リハビリテーションはスパルタ教育ではないのです」と。

そこでわたしはすぐに反省して、

回生の花道とせむ冬枯れし田んぼにたてる小《ち》さき病院

と詠みなおしました。

というのは、花道というのは、「出」が大事です。と同時に、最後の「引っ込み」が大事です。そういう意味なんです。「回生」をここからはじめる。その花道は車椅子で出るわけにはいきません。歩いて出なければなりません。「ここから歩いて回生の一歩をはじめる」という意味と、「最後まで美しく歩みとおしたい、生きぬきたい」、そういう想いを込めて、『花道』と名づけて、できれば『回生』以後の第三歌集を出したいと思っています（二〇〇〇年藤原書店から刊行）。

「病気」という文化

一九九七年は、わたしにとって回生——本当の意味の「回生」元年になりました。そこで、それ以前と以後との違いを考えてみると、人間は倒れてのちにはじまりがある、決して倒れてそのままで熄むのではない、ということを今しきりに考えています。それは何かというと、人間にとって「歩く」ということは、生きることとの基本的な力になる、したがって、もしその潜在能力が少しでも残っているならば、どうしても「歩く」ことが生きるために必要になります。わたしは、一九九五年に倒れたけれど、一九九七年に歩きはじめて、本当の意味での「回生」がはじまったのです。

何が違ったかというと、倒れる前と倒れたのち、倒れてのちに歩けない状態と、歩きはじめてからとの違い、これは比較社会学でいえば、比較することが非常におもしろい、異なる文化だと思います。人間が病気になるということは一つの文化だと思います。人間が歩けない場合と歩く場合では、文化が違うんですね。ですから、これは比較社会学の非常におもしろい領域になるのではないかと思います。

　倒れる前と倒れたのちの文化の違いは、ものの見え方が違うということなんです。倒れたあとまだ歩けないときには、わたしは自分が死んだと思っていました。自分のなかには、半分死んで、半分生きている、死者と生者がわたしのなかにともに生きている、そういう状態でわたしには、ひとつの新しい展開があったと思います。

　健康なときは、健常者の思い上がりで生きてきました。つねに競争相手を意識して仕事をする、つねに他者によって定められた時間に従って、〆切のさし迫った仕事に追われている、そしてマックス・ウェーバーのいう「金力・名声・権力」をめざした競争を、多かれ少なかれやっていたと思います。それを自分では批判しながら、やはりそういう状況のなかに生きていたと思います。

　そのときは、ものがはっきり見えなかったんだと思います。こういう歌をそのころ作りました。

感受性の貧しかりしを嘆くなり倒れし前の我が身我がこころ

自分の心も身体の感覚もすべて麻痺していたんだと思う。ところが、倒れて、半分死んで半分生きているという状態になったときに、非常に自然の事物が自分にとって近いものになりましたし、自然の事物を非常に鋭敏に感じ取ることができるようになった。それが『回生』に収めた歌なんです。

歩きはじめてから

ところが、そのときは歩けなかったんですけれど、杖をついてでも歩く、杖をついて看視つきで歩くようになりましたら、こんどは「活性化」が起こったんです。つまり、全身に血がめぐる、酸素がゆきわたる、そういう感じがからだのなかにみなぎってくることによって、頭もはっきりしてきたんです。意識を失ったことはないけれど、今までよりも、頭の働き、ひらめきが、ちょくちょく出てくるようになったんです。いろんな思いつきが、ぽっぽこ出てくるようになったんです。

そうしたらなんだか自分が、非常に新しい世界に入ったような気持ちがしています。そして、いままで考えていたこと——たとえば、わたしが中心に考えていたことは「内発的発展論」、それから南方熊楠についてどのように考えるか、そういった今までしてきた仕事について、どうしてもここから先が越えられない、どういうふうにここを越えていったらいいか、と思い悩んでいたところが、急にある日突然、あるいは寝ている間にある晩突然に、ぱっと開けてくる。というような状態が、昼間、もう足が一歩も出ないほどに歩いて、もうくたびれ抜いて寝た日には、そういうことが起こってくるんです。

ですからわたしは、やはり『回生』の時期と、『回生』以後、つまり歩きはじめてからは、——倒れる前と倒れたのちは、基本的な転回だったんですけども——それがもう一度、さらにひらけてきたといまは考えています。

ですから、杖をついて、よたよた歩きで、まだ誰かに看視していただかなければ恐い、という状況ですけれども、まがりなりにも「歩く」ということの状況を続けていきたいと思っています。

考えてみると「内発的発展論」というのは、倒れる前は理論として、理屈として考えていたと思います。しかし、今は本当に自分のなかにある内発性、それをどうやって展開させていくか――内発性っていうのは、一度出てきたらそれで終わりっていうものじゃないんですね。それをどのように展開していくか、その可能性を伸ばしていくか、それが上田先生のおっしゃる「積極的リハビリテーション・プログラム」というものと、まったく理論的に、思想的に一致するものだと思うのです。ですから、内発的発展論はリハビリテーションにも役に立つものだし、それから自分で内発的発展論を実感として体得している、と考えています。

ですから、わたしがいま考えていることは、倒れる前にやってきたことが、いま新しい意味をもってわたしのなかに甦っている、わたしを支えている、この展開をいまわたしが不断の努力によって進めていくことができる、そういうことなのです。

内発的発展論の「内発性」ということの意味を、いま実感として、わたしの身の内に感じ取っている。そしてこれを、社会発展の理論として、それから人間の発展の理論として——人間の発展の理論であると同時に社会発展の理論である、そういう意味をもっているのが内発的発展論だと思うんですけれども——、これを死ぬまで、気を確かにもって、できるところまで展開していきたいと考えています。

弱者の立場から日本を開く

そして、弱者の立場、死んだものの立場からみた日本がどう見えるか、そしてそのことによって日本を開いていきたいと思うのです。

いままで死んだ人は、ものが言えていない。だから死者の立場から日本を開いていくっていうことは、戦後の日本にとって非常に大事なことなんです。

戦争の犠牲になって死んだ人びと——日本人だけじゃない、アジアの多くの人びと、アジア以外でも多くの人びとを日本は殺したんだから——、その「殺されたもの」の目からみた日本はどうなのか、「殺されたもの」の立場から日本を開いていく、それが戦後の一番大きい問題だったのに、それをまだちゃんとしていないのよ、日本は。

わたしは死んだの、一度。死んだけれども、不思議なことに——幸いなことにことばが残った。死んだものがことばを残すってことはね、これは恵みよ、天恵よ。だからこの天からの授かりものを利用して、死者の目から、それから重度身体障害者という一番の弱者の立場から、その弱者の内発性をもって、どのようにいまの日本が見えるか、どのように世界が見えるか、それを考えながら日本を開いていく。そういう内発的発展論というのがあると思う。一番その原動力となるのが、アニミズムだと思っています。

わたしは、今までは強者だった。そして特権階級だと思っていた。だからしょっちゅう、罪の意識をもっていた。だけどいまはもっていないのよ。わたしが生きているっていうことは、何かの意味があるんじゃないかっていま考えています。死んだものがことばをもっている、重度身体障害者っていう非常に弱いものが大きな声を出せる、これは特権といえば特権よ。だけど特権階級の特権じゃない。特権は失ったの。その立場から発言して、そして日本を開いていく。

それがわたしの「斃れてのち、元《はじ》まる」ということの意味なんです。

我がうちの埋蔵資源発掘し新しき象《かたち》創りてゆかむ

道楽と学問

感性のささえを欠いた学問は索漠としている。みずみずしい感性にささえられた学問こそ生きている。

道楽は感性を磨くよすがである。そのような道楽は学問の活力源となる。

わたしには三つの道楽がある。

歌と踊りときものである。この三つの道楽には共通した特徴がある。

第一にこれらはすべて日本の伝統文化の型を示している。

第二に日本のそれぞれの地域の自然生態系に根ざした生命のリズムをあらわしている。


わたしの父は、わたしの子どもの頃から「人間は、根無し草になってはだめだよ」とずっと言いつづけてきた。そのことを子どもの時から、なんだろうと思っていた。

それがだんだんわかってきたのは、アメリカに留学してからだった。子どもの頃は、夢中で踊りをおどったり、きものを着たりしていたので、そんなことは何も考えなかった。

アメリカに留学し、海外へ行ってから、父のことばが非常に強くよみがえるようになった。「なるほど、根無し草になるということは、自分の生まれ落ちた社会そしてとくに地域の文化の根を忘れることなんだ」と。わたしはせっかくその文化を根づかせてもらったのだから――赤ん坊のときからきものを着ていたし、若いときに歌の道に入らせてもらったし、小さいときから踊りの稽古をしていた――、それはみんな、親がわたしに「根」を与えるということを考えてやってくれたことなんだ、ということがはじめてわかった。

しかし、アメリカに留学してから、歌も踊りも疎遠になってしまった（きものは一貫して着ていた）。若いときに一所懸命やっていたために、死に直面して、その根から芽が出たという気がする。死ぬときになって芽が出るというのはおかしいけれど、やはり人間は死ぬときに芽が出るものだと思う。

脳出血で斃《たお》れてから歌が復活した。もう踊りは踊れないが、リハビリテーションの中に踊りを組み入れて、毎日歩く稽古をしている。これも一種の踊りの復活である。そして最後まで、二部式に作り替えたきものを着ている。

伐り倒された切り株から芽が吹き出して、今わたしは「回生」の花道を歩いているのだ、と気がついた。わたしの究極の仕事である「内発的発展論」

は、これら三つの道楽によって育まれた感性の所産なのである。

このように道楽と学問とがつながっていることを覚《さと》ったのは、死に至る病のおかげであった。

人間は若いときになるべく一所懸命に道楽に励むのがよい。そうすれば、死に直面したときに芽が吹き出すに違いない。それが道楽の至福である。


振り向けば八十年の生涯は一筋の道花吹雪して

邂逅

自己と非自己について

……二〇〇二年五月三十一日

鶴見和子

多田富雄さんへ

多田先生、こんにちは。いかがでいらっしゃいますか。

同病ですけれども、私は最近事故を起こして転倒いたしまして、大腿骨にひびが入りました。それで今、安静にして、ベッドで寝ております。

そのうえに、私は歯を全部抜きまして、「お歯無しの山姥」となりました。ですから今、歯を入れないでしゃべっておりますので、発音不明瞭かと存じ、たいへん失礼でございますが、このようにして先生とお話をしたいと思います。本当は先生とお目にかかってお話をしたかったのですけれども、こういうことになりまして、ほんとうに残念でございます。

それから、奥様からのご丁重なお手紙を付けていただき、『脳の中の能舞台』（新潮社、二〇〇一年）をいただきましてありがとうございました。

先生が『文藝春秋』（二〇〇二年一月号）にお書きになりました、「鈍重な巨人――脳梗塞からの生還」という、ご病気後の記録を、自分のことと引き比べて、たいへん興味深く拝見いたしました。最近の「オール・ザ・サッドン」（『一冊の本』二〇〇二年六月号）も拝見いたしました。

それから『脳の中の能舞台』は、感動して読みました。『生命の意味論』（新潮社、一九九七年）は、私の専門外でたいへんむずかしい御本でございますが、一生懸命に寝ながら――たいへん失礼ですけれども――読ませていただきました。ほんとうに自分の理解がゆきとどいてないと思いますが、このように拝見いたしましたものの中から、今日、いくつかの問いかけをさせていただきます。私が間違っているところも多いと思いますが、その点はどうぞお直しくださって、お答えいただきたいと思います。

まず最初に、こういうことをしたいのです。たいへんおこがましいんですけど、たまたま同病になりました。それで、その病気の体験の「ノート」を比べあいたい――それが第一の一連の質問でございます。

それから、『脳の中の能舞台』についての私の感想をいくつか述べさせていただきます。

そして最後に『生命の意味論』を細部にわたってはわかりませんけれども、大筋のところで、たいへんに面白く感動致しましたので、私の考えている「内発的発展論」に引きつけて、いくつか、これも感想のかたちで問いかけをさせていただきます。

病気の「ノート」を比べる

それでは最初に、『文藝春秋』にお書きになりました、ご病気のことについてです。

先生は、生命科学者、免疫学者でいらっしゃって、人間の体について専門家でいらっしゃるにもかかわらず、病気でお倒れになるまで予感もなく、本当にそれが突然にやってきた、とお書きになっていらっしゃいます。ところが、病気になられてからの経過については、実に明晰な自己分析をしていらっしゃいます。この病気になる前の予兆の自覚が非常に希薄であることと、病後の自己分析が非常に明晰であること、この対照に私は驚きました。

私は、身体のことについて、本当に無知でございました。だから、病気になるのが、はっきりわからなかった。それを、あとで非常に後悔しております。ところが先生のように専門家でいらっしゃっても、この脳梗塞――私の場合は脳出血――という病気は、予兆が自覚されないのが特徴なのでしょうか。そこの点を、まずうかがいたいと思います。

先生の場合はたいへんお忙しくて、あちこちご旅行をされて仕事をしておられた。私の場合も、たいへん忙しゅうございました。医者からは、注意されていたんです。「高血圧、高脂血症です。あなたはもう自分の年齢を考えなさい」。私は七十七歳で倒れました。先生はずっとお若くて、私よりも十歳お若くてお倒れになった。私は、定年で大学を退職してから、主治医が「これからあなたは仕事を三分の一に減らさないと、お父様のようになりますよ」と言われました。私の父（鶴見祐輔）は、脳梗塞で右片麻痺になり、リハビリテーションが進んでいない時期でしたから、ほんとうに寝たきりで、ときどき車椅子で外に連れ出すという程度のことしかできませんでした。それでも十四年間、自宅で介護いたしました。「お父様のようになりますよ」とちゃんと予告していただいたにもかかわらず、それに従いませんでした。仕事は三分の一どころか三倍に増えて、それでももう夢中になって仕事しておりましたが、どうも英文の本を書く約束をしながら、なかなかそれがはかどらないことにストレスを感じておりました。その矢先に倒れました。

だけど、前の日まで、午前四時頃まで本を読んだり、自宅で昔の卒業生と研究会をやって、そのあとでお料理を作って一緒にお酒を飲んで楽しんだり、そんなことをしていた矢先に、ばたんと倒れたのでございます。
この予兆、予知の問題。それをまずうかがいたいと思います。

それから第二は、先生は金沢でお倒れになって、それから東京の病院にお移りになったときに、病院は隅田川のほとりであった。そこのベッドの上で、声は出ないけれども、頭の中で能の『隅田川』をはじめからおわりまでお歌いになった。それから能の『歌占《うたうら》』もはじめからおわりまでお歌いになった。私は、倒れたその晩から、夢を見ながら体の奥底から短歌が噴き出して参りました。ということは、先生は能という日本の伝統文化によって、私は短歌という日本の伝統文化によって、生死の境を越えた、ということだと思います。白洲正子さんは、偶然見ましたテレビの中で、「自分が倒れたとき、能の『弱法師《よろぼし》』を舞って、そして回生した」とおっしゃっていらっしゃいました。

先生は、人間の個体は「スーパーシステム」であると定義付けていらっしゃいます。そして人間の作った文化もまた「スーパーシステム」であるとおっしゃっています。そこで、人間の極限状態になったときに、自分が習得した日本の伝統文化――先生の場合は能、私の場合は短歌――が救いになる、つまり生命活動を与えてくれる、つまりスーパーシステムとしての伝統文化とスーパーシステムとしての人間個体との間の、生命活動のインタラクションがある、ということなのでしょうか。つまり、異なる領域のスーパーシステム同士がインタラクションする、相互作用して、生命活動をまた両方にもたらす、という不思議な関係をどうお捉えになりますか。それを、うかがいたいと思います。

それから第三点は、倒れられる前と倒れられた後と、どのように人生が変わったか、変わらないか、ということについて伺いたいと思います。『文藝春秋』のご文章の中で、多田先生は「ある日、麻痺していた右足の親指がピクリと動いた」と書いてらっしゃいます。そしてこれは自分の中の鈍重な巨人の胎動を意識させた、というふうにお書きになっています。

私は、倒れてのちの自分の変化を「回生」ということばで表現しております。それは、医者にMRIの映像を見せられまして――私の場合は左片麻痺ですから右脳です――、「右側の運動神経の中枢が決壊した。深部が決壊したから、この左片麻痺は死ぬまで治りません、だから運動はできません。しかし左側の脳は完全に残っています」と言われました。それで、言語能力と認識能力が残ったから、仕事はできますというふうに言われました。そこで私は、自分が後へ戻れない、「回復」しない、一生これから重度身体障害者として生きるのだということがはっきりわかりますと、そこで、後へ戻れないならば前へ進むよりしようがない、つまり、新しい人生を切り拓くと覚悟を決めました。

それでどういうことが起こったかというと、まず歌が復活して、自分自身のことばでものを語り、考えることができるようになりました。これまではアメリカ社会学からの借りもののことばでものを考え、語っていた。借りもののことばを捨てたのです。もうひとつは、私は水俣の調査から、人間は自然の一部である、だから人間が自然を破壊すれば、自分自身を破壊したことになるのだ、ということを学びましたけれども、それは理屈だけの話でした。しかし、身体障害者になってからは、毎日の天候によって自分の足の痺れ具合、痛み具合というのは、時々刻々違います。それだけ私は自然に近くなった、ということがよくわかりました。そして鳥の動き、草花を見ても、たとえば燕の飛び上がる姿を考えて、自分でそのようにやってみたら車椅子から初めて立ち上がれたとか、山川草木鳥獣虫魚のふるまい方から自分が学ぶということが初めて出来るようになりました。そのことが、私の新しい人生をいま、形づくっております。

それで、人間がこのようにして一瞬にして倒れて身体障害者になる、ということの意味は、その人が新しい人生を切り拓くということなんだと考えていたんですけど、先生は自分の中の「新しい巨人」が自分を突き動かし始めたと、「新しい人よ目覚めよ」――これは大江健三郎の本の題名にもあるんですけど――新しい人が自分を動かし始めたという表現をしていらっしゃいます。ですから、ここで先生のお倒れになる前の人生と後の人生とのつながりについてお聞きしたいと思います。

先生は「自己」と「非自己」ということをおっしゃって、自己が非自己に出会うときに「自己言及的」に非自己を処理するというふうにおっしゃっていますが、その自己言及的というのが非常に私は面白いと思います。これは“self-reference”ということだと思います。社会学でいう“reference group”または“reference point”なんですね。新しい対象を認識する時に、なんらかのこれまで自分が知っている「準拠集団」を基準にして、それと比べて認知するといいます。ところが、新しい対象と出会うことによって、既知の「準拠集団」そのものが変化するということはいっていないのです。ところが、先生は自己が非自己と出会って、「自己言及的」に非自己を認知することによって「自己」そのものが変化するといっておられるところが大変面白いと思います。その自己は、一定して、動かないものではなくて、時々刻々、生成変化する。「前の自己」というのは、変わりつつあるけれども reference である。そこのところが非常に面白いので、「前の自己」とこれから自分が生成発展していく「自己」、その共通点と違うところ、それを先生に具体的に教えていただきたいと思います。

病気についてはこの三点でございます。

伝統文化と最新の科学を結びつける

その次に『脳の中の能舞台』は感動して読ませていただきました。それで、これについていくつかの感想を述べさせていただきたいと思います。まず、一番終わりにある新作能、ここから始めたいと思います。

『無明《むみょう》の井《い》』を拝見して、へっぽこな歌を作りました。

新作能『無明の井』こそ生と死のあわいに住める我が在処《ありど》なれ

ああ私はこういうところに住んでるのだなあ、と実感いたしました。そして、あの後ジテの台詞「我は　生き人か、死に人か」――、あれをいつでも私は自分に問いかけているんです。死んでるのか生きてるのか、それをいつでも問いかけていたんで驚きました。あれは、ハムレットの "To be, or not to be" ――意味は違いますけれども――あれに匹敵する名台詞だと思います。

そしてしかも先生があのＮＨＫのテレビでおっしゃっていらっしゃいますように、あれをニューヨークにもっていらして『ニューヨーク・タイムズ』紙に素晴らしい評が出た。伝統芸能としての能が、現代の先端の医学の問題である臓器移植の問題を、実に深く鋭く描き出している。古いものと新しいものとのつながりの美しさ、それに感動致しました。

そのつぎの『望恨歌《マンハンガ》』。強制連行された韓国・朝鮮人と、その残された妻の物語でございますね。戦争責任をあのようなかたちで美しく、しかも鎮魂歌として描かれた。これに驚きました。

そして、最後の『一石仙人《いっせきせんにん》』に至っては、ほんとうに奇想天外でした。アインシュタインが「一石仙人」として現れて、彼の相対性理論を砂漠で女大学に説き明かす、あれは傑作で、いつか本当に上演されたらいいと思います。

このように非常に新しい問題と非常に古い伝統文化との、まことに見事なつながりを先生は実作していらっしゃる。つながりを論じているんじゃなくて実作していらっしゃる。そしてそのことが『生命の意味論』という難しい本の中にもちゃんと出てくるのが、驚きでした。老化現象を『卒塔婆《そとば》小町』や『鸚鵡《おうむ》小町』の例を引いてわかりやすく説明していらっしゃる。あれにも驚きました。

そこで伝統文化、あるいは――私はこれを自分の短歌は「道楽」と呼んでおりますが――道楽と、そして自分の学問――欧米から受け継いだ科学。先生の場合は自然科学、私の場合は社会科学で、自然科学の方が伝統文化からもっと遠いと思うんです。社会科学と人文科学の方が、より近いと思うんですけれども、最も遠いところにあると思われる、その二つを結びつけることに成功された。

創造の過程である人間の生命

それから最後に、『生命の意味論』の第九章で「あいまいさの原理」をまとめていらっしゃいます。そこで、そのことについて質問させていただきたいと思います。

私は、それぞれの文化によって異なる論理というものがあると思うんです。人間のコミュニケーションにとっては、アリストテレスの形式論理学を使わなければうまくコミュニケーションができない。それはよくわかります。アリストテレスの論理学を否定することはできない。しかしそれだけで割り切ることができない。つまり必然と偶然との関係をどうとらまえるか、そのことが『生命の意味論』の全編を通じて先生が論じておられることだと思います。

今までDNAっていうのは決定論だと私は思ってきました。ところがそうじゃないんだということを、のっけからおっしゃっている。つまり、あいまいな部分がたくさんある、そしてそのあいまいな部分をそれぞれの後天的な経験によって生成発展させていく。何がそこから出てくるかは予測不可能な場合がある、と。その予測不可能な、新しく出てきたもの、それが「創造」だと思います。

人間の生命っていうものが、創造の過程である。それを全体として司っているのが、スーパーシステムだというのが先生のお考えなんだと思いまして、ジャック・モノーの『偶然と必然』という本を読んだときにあまりよくわからなかったことが、具体的に、なるほどこういうことを言っていたのか、と少しわかるようになりました。

そして、アリストテレスの形式論理学は、同一律、排中律、矛盾律によって成り立っていますが、「あいまいさの原理」のなかでおっしゃっていることは、排中律ではなくて、そのあいだに非常に多くのあいまいさ、多義性があるということが、マイナスではなくて、そういうことがあってはいけないのではなくて、そういうことがあるからこそ創造性が生まれる、新しいものが生まれるということだと思います。心理学者のシルヴァノ・アリエティが書いた『創造性——魔法の総合』(Silvano Arieti, *Creativity: A Magic Synthesis*)という本がありますけれど、そのなかに、今まで全然結びつかないと考えられたようなものを結びつけて、新しい価値なり思想なりかたちなりを作ることを創造性という。そのときに、何でもかんでも新しければ創造性じゃなくて、それが芸術であれば人を感動させ、それが科学理論であれば他の科学理論のために使われて役立つことが証明される、それを創造性と呼ぶ、といって、欧米の今までの芸術家・科学者——だいたい自然科学者ですけれど——の事例を引いて、それを心理学的に分析しております。で、それがやっぱり人間の生命現象の中にも現れているのかな、ということを感じました。

それからもう一つは、人間は三兆個の細胞によって個体がなりたっているけれども、そのなかの三千億個ぐらいは毎日死んでいるとお書きになっています。アポトーシス（細胞死）というものがいつでも起こって、それが新しい細胞が生成されるのに役立っている。その死骸は、他の細胞が食べてしまう場合もあるし、そのまま断片が体の中に残っていることもある。そうすると死んだ細胞の断片が、新しい細胞とくっついてまた新しい細胞をつくる。面白いなあと思ったのは、文化の中でも、もう死んでしまった、過去のものだと思っているものが、いつか発掘されて、新しい文化なり思想なりを形成するときに役立つ。生死の循環構造というものが、人間の体の中にでも、生命現象の中にでも現れている。そういうことが言えるのかと思って、これもたいへんに面白うございました。

私の理解はたいへん浅薄でございますけれども、まずこのくらいに今、とどめておきたいと思います。

とくに「必然と偶然」というのは、南方熊楠の考えた「南方曼陀羅」のなかに、新しい科学の方法論として出て参りますので、それが生命現象のなかにあるということがわかって、私はたいへんいい勉強をさせていただいたように思っております。どうもありがとうございました。

いろいろ間違っている点もあると思いますが、第一回はこのくらいにさせていただきます。

二〇〇二年五月三十一日　　宇治にて

鶴見和子

創造性について

……二〇〇二年六月十四日

多田富雄

鶴見和子さんへ

目が覚めるようなお手紙をいただき有難うございました。こんなお手紙は胸ポケットにしまって持って歩きたいほどです。

早速お返事をと思いましたが、左手だけでワープロを打つのは、思いのほか時間がかかるもので、予定より遅くなったことをまずおわびします。

これからが楽しみです。ただお断りしておきたいのは、先生と呼ぶのはやめにしましょう。鶴見さんが世界的社会学者で、しかも日本人には数少ない自分の学説を持った学究だというのはよく分かっています。また私より年長であり、この病気についても少し先輩であることも知っています。でも、先生から、先生と呼ばれると、こそばゆくて困ります。こちらも先生と呼ぶと、先生のフットボールのようになるので、鶴見さんと呼ばしてもらいます。

鶴見さんは最近転倒して、大腿骨の損傷で安静にしておられるとか、どんなに気落ちされたことでしょう。同病でよたよた歩いている私には、転倒がどんなに恐ろしいか、時には命取りになることも良く分かっております。幸い大腿骨骨頭の骨折でなくて良かったと、胸をなでおろしています。落ち着けば、リハビリ再開でまた歩けるようになるでしょう。今はそれだけを祈っています。

「人間の条件」

さて私の状態を申し上げますと、発病から一年を経過し、麻痺がほとんど動かぬものとなっています。私のは左脳の梗塞ですから、右半身の運動麻痺が主ですが、以前にやったと思われる右脳の小梗塞巣の影響もあって、重度の構音障害や嚥下障害を伴っています。右麻痺は私の書字能力を奪い、ほとんどものを書くことができなくなりました。日常の仕事も同じです。

しゃべるというのは、人間だけに許された能力です。人類はみなしゃべる。しゃべることによるコミュニケーションを使って文化を発展させて来たのですから、話せないのは人間ではない。今、やっと娘と妻にだけは分かる片言だけの日本語を話すことができて、かろうじて人間を保っています。

もっと大変なのは嚥下障害です。肺炎の恐怖におびえながら、かゆを一椀やっと食べています。嚥下できない苦しみは筆舌に尽くせません。これも人類が声を出すために、無理に喉頭を高くして、危険を冒してきたためにほかなりません。だからしゃべるというのも人間の条件です。

それに右麻痺というもうひとつの障害が加わります。右足が上がらない。歩けない。すると、直立二足歩行という例外的な運動手段を選んだ人類の、もうひとつの人間としての条件もそこで満たされていないことになります。

私はリハビリの訓練を受けているとき、こんなに苦しいのにどうして歩く努力を続けているのか、不審に思ったことがあります。諦めて車椅子一本になったとしても、そうは変わらない。それでも必死になって歩く訓練をします。そして歩けるようになった時の喜びは、また格別です。

それは歩くという行為が、人間の条件の一つだったからです。歩くという運動手段を取り戻したとき、人間である喜びも回復するのです。その条件の三つまで失ったのでは、確かに人間失格です。

スーパーマーケットなどに行くと、車椅子の視線というのが普通の人間とは違うところを眺めていることを、いやでも感じさせられます。立ったとき見えるはずの商品が目に入ってこない。代わりに他人の腹部や最下段の売れ残りなどが目に飛び込んできます。立つことは人間に近くなることです。鶴見さんが、早く歩けるようになることを願っています。

私は歩くといっても、四点杖をついて最大百五十メートルよたよた歩けるだけです。しかも生来の怠けもので、週二回通っている病院でのリハビリのほかは、あまりお稽古をしないので退歩が心配です。何とかタクシーに介助なしに乗れるようになるまでリハビリを続けたいと思っています。

さてのっけから自分の病状など書いて、退屈な手紙になりましたが、問題を整理してくださったので、その順序でお返事をしたためたいと存じます。

病気の予兆について

まずはじめに、病気の予兆の問題です。私の場合はすべて突然でした。ある朝一夜明けると体は麻痺し、声を失っていたのです。カフカの『変身』という小説を読んだとき、ある日突然虫になるなど、まったく非現実的な話だと思いましたが、カフカ自身は、あれは荒唐無稽なことを書いたものではないといっていたのを読んだことがあります。そのことをまず納得しました。

何しろ前日まで元気で旅行して、友人と大酒を飲んで騒いでいたのですから、晴天の霹靂です。それに私は定期健診に律儀に通い、検査でも問題になるような数値は何もありませんでした。ですから予兆というようなものは、感じなかったといってよいでしょう。

ところが病歴を見ると、決して無傷ではありません。長い間高血圧でしたし、尿酸値も高い。原因不明の緑内障で、左目の視野欠損があります。これは後になって気づいたことですが、数年前に軽い脳梗塞をやっていたのです。無症候性のもので、常圧性緑内障と見誤ったものはこれが原因だったらしいのです。ちゃんとCTスキャンで見えていたのですが、主治医がたいしたことないと見くびって、注意を与えなかったのです。ですから私は健康を過信し、酒を飲んでは夜更かしするという生活を送ってきました。それにもかかわらず肝機能は正常だし、心電図でも異常は無かったのです。

ですから予兆が無かったといえばそのとおりですし、もともと異状があったのだから、前もって注意すれば防げたというのも間違いではありません。

多くの病気は偶然に起こるというのはそれなりに正しいし、何か必然的な原因があったはずだというのも、過ちではありません。今度のことも、運が悪かったと受け入れるよりないのです。

それに、原因は私の生活態度にあることは確かです。毎月のように海外出張があり、とんぼ返りで帰った後は、本の校正や学会出張など、夜中まで仕事やお付き合いなどで不摂生している。明らかに過労になっていたのです。それに気づかなかったのは、自分の健康を過信していた私の落ち度です。

今思い出してもあれは突然の発作でした。旅行の間に山形で深酒はしましたが、快い疲れが残るだけでしたし、発作を起こした金沢ではワインのグラスがやけに重いといぶかったのが、そういえばあれが予兆だったかと後で気づくのが精一杯です。後悔しても後の祭りです。

発作のときも事の重大さが分からず、それに夢うつつで病状を理解できなかったのでした。夢の中で臨死体験のようなことがありましたが、だんだん意識が戻ってきたときは次のようなことを考えました。

まず片麻痺は、梗塞の程度がどのくらいかによるので、予後が分かるには発作が落ち着くまで待たなければならない。でも症状からいって、容易ならざる状態だということが分かりました。正直言ってうろたえました。

それより声が出ないのはなぜなのかが、初めは理解できませんでした。それが球麻痺（下部脳神経が侵されたことによる、発声・発語・嚥下・咀嚼・表情の麻痺）による重大な症状であることを理解したのはいろいろな検査で痛めつけられた後でした。どんなに苦しくても、訴えることができないのですから恐怖でした。

そのうちに病状が安定して、ものを考えることができるようになって、やっと自分が重度の身体障害者として、余生を生きなければならない状況を理解したのです。これが私の病気のノートです。予兆など無かった点は、鶴見さんと同じです。

その時心配だったのは、重大な脳の損傷があったのだから、もう自分が自分では無くなったのではないか、ということです。それを客観的に調べるには、記憶が保存されているかどうかを確かめるのが一番です。それで暗記しているはずの謡曲を頭のなかで謡ってみたのです。はじめは簡単な『羽衣』のクセでした。このテストに合格したので、次はもっと難しい『歌占』に挑戦したのです。ちょうどこの曲を小鼓のおさらい会で打ったばかりで、覚えているだろうことも確かでしたが、物語の筋が死んで三日たってよみがえった男の話だったから、わが身に引き比べて自然に思いついたのでしょう。

このテストも合格でしたが、そんな非常事態に謡曲をうなるというのは、どうしたことなのかと後で考えたとき、鶴見さんがご指摘になった第二の問題と関係していることに気づきます。self reference の問題です。

白洲正子さんが、臨死体験で『弱法師《よろぼし》』を舞って帰ってこられたのは、私との対談（『おとこ友達との対話』新潮社刊）ではじめて話されたのですが、白洲さんはそのころ最近の能のあり方に失望しておられた。それが極限状態で、再び能の『弱法師』の日想観の世界に戻ってきたのは、白洲さんの血の中に濃厚に能というものが刻印されていたからだとおもいます。「橋掛かりの途中で、『暗穴道の巷にも』と謡うところがあるでしょう。あそこのところがとってもくるしかったの」と言われたのを今でも思い出します。

スーパーシステムは個体のような複雑なシステムを言いますが、それはもっと高次の文化現象や社会現象と常に照応している。だから意識が正常にもどってから、私の生命活動の原点にもどって、私の最も愛した能の世界とインターアクションしたといってもいいでしょう。実際、夢うつつで過ごした三日間の臨死状態は、まるで能を見ているように鮮明に思い出されます。

「回生」と「新しい人」

ご指摘の第三の点は、鶴見さんの「回生」と私の「新しい人」の関係ですね。人間が一瞬のうちにまったく別の生き方をしなければならぬ障害者となる。その時鶴見さんは、突き上げられるように短歌が湧きあがってきたと書いておられる。歌が復活したのです。そしてたくさんの秀歌があふれるように現れた。

私も同じ体験があります。私の場合は昔書いた詩です。私は昔故江藤淳さんなどと詩の同人雑誌をやっていました。文学少年のお遊びとはいえ、かなり本格的なものでした。

ところがそれがよみがえって、恐怖からさめたとたん詩になって現れたのです。幸いワープロが届いた日なので、急いで書き留めました。乱れてはいるが、私の魂の底からの地獄篇でした。その後も、いくつもの詩が湧いてきました。なんと、五十年もの時を隔てて、文学少年の血がたぎったのです。鶴見さんの「回生」と同じです。

「自己」というものはそのくらい堅固なものであり、すべての変化は自己言及的に行われる、というのは確かです。その自己は実存的なもので、変えることはできません。しかし、まったく別のものが生まれることもあります。というより、堅固な安定した「自己」ではなくて環境に新たに適応してあらたに生成した「自己」というものもあると考えた方がいいのではないかと考えたのです。創造といってもいいのかもしれません。

神経細胞は死んだら二度と再生しないというのが定説です。鶴見さんの場合、欠損した右大脳皮質はもう再生不可能です。しかし機能のほうは、ほかの細胞が神経線維を伸ばして新しい結合を作り出し、ある程度回復する場合があります。新たにできた神経結合によってどんな行動がでてくるか、それが「新しい巨人」に託したメッセージです。とはいうものの、それが私の場合遅々として進まず、いまだに嚥下障害と構語障害に苦しんでいるのです。どうやらしゃべるのが嫌いな「寡黙な巨人」のようです。しかし彼とはこれから一生付き合ってゆくほかないと、あきらめています。

免疫学では、「自己」の不安定性についてはよく研究されているのですが、そうした身体論のほかに心理学的「自己」についても、トランスパーソナルのような、新しい「自己」ともともとの「自己」という問題があると思うのですが、深入りはやめにします。

鶴見さんは障害が起こってから、自分の体が自然と一体になったといわれました。気象に呼応して痛みや不快感を覚えるとおっしゃいました。私の場合は、麻痺した右半身が、自然をいつも裏切っているような気がしています。麻痺というのは、単に動かないというのと違います。痙性麻痺といって筋肉が強く収縮して力が入ってしまうのです。むしろ力を抜く方が難しい。いつも力を入れているため休息ができないから、何もしないのに疲れてしまう。

そのくせ麻痺した腕や足の重いこと、それをいつもぶら下げているのです。でもお風呂の中ではやたらに浮いてしまうし、咳などすれば木偶のように飛び上がってしまう。まるで壊れた機械です。

人間というスーパーシステムに、低次の機械が張り付いてしまったのです。それはスーパーシステムに対する冒涜です。麻痺がつらいのはこのためです。ベルグソンが、笑いの対象は人間的なものに張り付いた機械的なものだと書いているのを読んだことがありますが、麻痺した手足はそのとおりだと自嘲しています。

それが「自己」とどうかかわるか、私の人生をどう変えたかという問題は、もう少しあとで考えさせてください。病気の身体論はこのくらいにして、先へ進ませてください。

鶴見さんは、私の新作能について興味ある感想をお寄せくださいました。『無明《むみょう》の井《い》』は口幅ったいことを言えば、現代になってあいまいになった生と死の境を問い直すという目的で書いたものです。橋岡久馬師によって初演されましたが、ニューヨークなど海外でも好評を得、サンフランシスコでは現地の劇団が翻案して上演しました。

『望恨歌』は朝鮮人の強制連行の悲劇を、残された妻の「恨《ハン》」の想いに託したもので、観世栄夫師の演出で何度も上演されました。この秋にも再演されます。

『一石仙人』（アインシュタイン）は、二〇〇三年の五月に初演されることが決まりました。観世流の津村礼次郎師の演出です。横浜能楽堂でしかもケンタウロスというオートバイのライダーの会が主催です。さあどうなることやら、心が躍ります。

私は新作能など作る気は無かったのですが、『無明の井』を書いたとき、能という演劇が強い同時代性を持っていることに驚きました。伝統文化といいますが、長い間伝えられるその時々に、いつも優れた同時代性を発揮しなければ、到底時代の動きに打ち勝って生き延びることはできなかったと思います。そういう適応力と破壊力に裏打ちされた創造性を感じたのです。単に古いものを受け継ぐだけではない。かといってその形を恣意的に変えたのでは、伝統芸能を守ることはできない。

私は新作能を作るとき、メッセージとコンテキストの二つがなければならないと思っています。能という形、それはコンテキストです。それは、守ってゆかねばならない。そのコンテキストで何を語るか、それがメッセージですが、能に現代性を持って語らせる主題は何かという問題になります。前の三作はその答えを私なりに探ったものです。

異分野同士の話し合いが創造につながる

最後の話題に移りましょう。あいまい性についてですが、まったくおっしゃる通りです。

従来科学はあいまい性を排除したところから始まったものです。ところが二十世紀の科学にあいまい性とか多義性とかの問題が抜きがたく入ってきたのです。私は生物学者ですが、生命現象にはあいまいなものがたくさんあることは『生命の意味論』にも書いたとおりです。

しかし科学は、本性としてあいまい性や偶然を嫌います。すべてあいまい性を否定した事実のみで説明しようとします。それはそれで正しい態度ですが、もうひとつの側面を認めなくては新しい科学は生まれない。

たとえば進化論ひとつとっても、象の鼻はなぜ長くなったかは、必然的に決まったように見えますが、本当は偶然の積み重ねで決まったものです。必然的に進化が起こったように見えたのは、それが長い長い時間をかけて起こった、偶然の事件の蓄積にほかなりません。自然がいつもトライアンドエラーを積み重ねることによる創造力が現れるのです。

今それが分子のレベルで検証されているとき、昔と同じやり方で、偶然性や多義性、つまりあいまいな部分を排除した弁証法的論理だけで話を進めることに、異議を唱えているのです。といっても、そんなことを言っているのは日本では取るに足らない少数派で、無視されているのが実情です。

日本の科学はプラグマチスム以外のものではなくなりました。これでは決して新しい科学思想は作れない。実用的な、体で稼いだような仕事に終始し、パラダイムを変えるような思考は出てこないのです。むしろそれを憎むような傾向さえあります。南方熊楠を、科学者として認めるような風潮は無いのです。

私は鶴見さんとのこの往復書簡で、日本の科学について問いただして行きたいと思います。私は浅学非才ですが、どうやら社会学と科学、特に生物学との間に、共通の課題がありそうです。単にアナロジーだけではない共通性を指摘できたら、どんなに嬉しいことでしょう。

私は異分野同士が話し合いをし、共同研究をしていくのが創造性への近道だと考えてきました。他分野のことは細部までは分かりません。だからかえって大見出しが分かるのかもしれません。今度の往復書簡でも、そんな広がりが見えたらどんなにいいかと思います。

今回は問題のご指摘が鋭いので、お答えするのにたじたじとなりましたが、今度はもっと周到なお返事を書かせていただきたいと思います。鶴見さんの足が治って歩けるようになることを、はるかに祈っています。

二〇〇二年六月十四日　湯島の寓居にて

多田富雄

異なるものが異なるままに

……二〇〇二年七月七日

鶴見和子

多田富雄さんへ

前回、多田先生と申し上げたのは、多田さん（お許しをえて、これからはこのようにお呼び申し上げます）が、免疫学というわたしの全く無知な領域であまりにも立派なお仕事をしておられることと、能という日本の伝統文化と現代科学の先端の学問とを創造的にむすびつけておられる稀有な学者でいらっしゃることに深い畏敬の念をもっているからです。

あまりに早く、そして誠実に対応して下さって、ゆきとどいたお手紙をいただき、ただただ恐縮し、感謝しております。

わたしの大腿骨骨折をご心配下さってありがとうございます。レントゲンの結果、はじめはひびが入った程度という診断で安静にしておりました。しかし一ヶ月半経ちましたが、いまだに不安定でございます。そこで、手術をしたほうがよいという結論になりました。明日は入院して、水曜日に手術ということになります。それでこれが手術以前の最後の手紙ということになります。

それよりも、多田さんの嚥下障害、構音障害はどんなにかお辛いことでしょう。わたしは、冷たい水をごくんと飲むとき、ものを食べるとき、そして生来の大声でしゃべるとき、多田さんのお苦しみを思います。この病気はほんとにひとりひとり異なる後遺症を招くものなのでございますね。

それでもわたしも嚥下するときはいつでも気を使っております。

後遺症は違いますが、共感したことが二つございます。一つは、わたしも倒れた翌朝、カフカの『変身』を想起いたしました。突然わたしは虫になって、壁に張りついていると実感して、病院の白い壁をじっと見つめて、虫になった自分を探し求めました。

もう一つの共感は、「五十年もの年を隔てて」詩が復活したと書いておられることです。わたしの場合は、短歌のよみがえりです。詩と短歌のちがいはありますが、いずれも詩歌——ポエティカ又は詩学・歌学——です。詩歌のほうが散文よりも生命《いのち》のリズムに近くて、生命《いのち》が極限状態に達したときに、人間の内なる自然である身体の奥底からほとばしり出るものなのではないでしょうか。それだからこそ詩歌に根ざした科学《サイエンス》・学問こそ生きた学問といえるのではないでしょうか。謡もまたそうした意味での詩歌の中に入るのでしょう。[*]

＊　G・バシュラール『火の精神分析』。

ふたたび「自己」と「非自己」について

脳梗塞又は脳出血で倒れる以前と以後の変化について、多田さんは第一信の中でつぎのように書いておられます。

「自己」というものはそのくらい堅固なものであり、すべての変化は自己言及的に行われる、というのは確かです。その自己は実存的なもので、変えることはできません。しかし、まったく別のものが生まれることもあります。というより、堅固な安定した「自己」ではなくて環境に新たに適応してあらたに生成した「自己」というものもあると考えた方がいいのではないかと考えたのです。

……

免疫学では、「自己」の不安定性についてはよく研究されているのですが、そうした身体論のほかに心理学的「自己」についても、トランスパーソナルのような、新しい「自己」ともともとの「自己」という問題があると思うのですが、深入りはやめにします。

実は、わたしはここのところをもう少し教えていただきたいのです。第一信をさしあげてから、『免疫の意味論』(青土社、一九九三年)を読みすすめるという冒険をこころみました。これはまったく冒険でした。この道の知識が皆無であり、術語さえ知らないままに読みすすんだのですから。正直なところ、つぎのような心境です。

わかったかわからぬかしかとわからねど読みて愉しき『免疫の意味論』

絶え間なく「自己」と「非自己」がたたかいつ変身すなり身の内の「自己」

絶え間なく変身しつつアイデンティティー保つかぎりは生きている「自己」

そこで教えていただきたいのは、免疫系の「自己」と脳神経系の「自己」と、心理学的な「自己」とはどのようにつながっているのでしょうか。それぞれの系がスーパーシステムであるならば、それらの系を統合する、より高次の、あるいは、メタ・スーパーシステムとしての人間の個体があるのでしょうか、あるいは、スーパーシステムとしての人間の個体の外にメタ・メタ・スーパーシステムとしての大いなる生命体である自然――大宇宙――があるのでしょうか。

ここから先は、全くのわたしのイマジネーションの世界になってしまいますが、現在のわたしは個体としての「自己」の崩壊直前にあると、ひしひしと感じております。もともと個体としての生命は粘菌にしろ人間にしろ大いなる生命体――自然――の中から、生まれてきた微小宇宙であって、それが「自己」を生成し、これもまた微小宇宙である「非自己」と、そして環境の変化とにかかわりながら、「自己言及的」に変身しつつさいごに「自己」崩壊に至る過程を経て、大いなる生命体である自然――大宇宙――に還ってゆくというように、今、自分の生と死とを考えております。大いなる生命体からはまた、無数の微小宇宙が生まれてくるので、これは個体の中の無数の細胞の死と再生の循環構造とアイソモーフィックな経路をたどるのではないか。そしてこれから先どんな形の微小宇宙が生まれ生成してゆくかわからない。そのように考えると、死もまた愉しといえます。

以上は今のわたしの妄想でございます。しかし、『生命の意味論』と『免疫の意味論』とを、この道に無知なわたしのいまわに近い不明晰な理解力でよませていただいて、人間の営む文化・学問の創造性が生物の生命活動そのものの原理に根ざしていることを、おぼろげながら感得したように思います。

多田さんの新作能について、前回もすこし感想を述べましたが、もうすこしつけ加えさせていただきます。『望恨歌』が今秋再演のはこびとうかがって、たいへん意義あることと存じます。前の戦争の後始末もついていないのに、にわかにつぎの戦争に向けて準備を始めるという由々しき事態に直面している今、強制連行で夫を失った朝鮮人の妻の恨《ハン》を日本人として深く受けとめたこの作品は、わたしたちのひとりでも多くが本当に目覚めるまで何度でも繰り返し上演していただきたいと念じます。

『一石仙人』の初演が来年（二〇〇三年）五月に決まった由、これもうれしいことです。アインシュタインがこれを見たら、どんなにか驚嘆し、かれの探求心をさらにかきたてることでしょう。わたしはいずれも見にゆけないのが残念でたまりません。

これは新作能ではありませんが、『脳の中の能舞台』の中の『弱法師』についての多田さんの読みの深さに感銘を受けました。多田さんは、これは中世日本のハンセン病患者への差別と、その悲惨な境遇とを扱った「社会劇」であるという解釈をしておられるのですね。

ハンセン病が感染しないことが医学的に明らかになった後も永い間患者を隔離しつづけた政策を最近になってやっと改めたこの国のあり様と、それでもなお根強く残る差別に対して、衝撃的な新解釈だと思います。能という古い「コンテキスト」に、新しい「メッセージ」をもりこんで、能は時代とともに生きつづけてきたのだといわれる多田さんご自身が、新作能（『無明の井』『望恨歌』『一石仙人』）においても、また古典能（『弱法師』）の新解釈においても、目覚ましい実践をしていらっしゃることがわかります。

生命科学と内発的発展論

『生命の意味論』と『免疫の意味論』とをよんで、生命科学の先端の知見をどのように、わたしの辿りついた内発的発展論に役立たせていただけるかについて、今考えていることを、二点述べさせていただきます。

第一は、生物学と社会学とのちがいについてです。

第二は、創造性についてです。

とくに『免疫の意味論』では、長年にわたるさまざまの国の生物学者たちの細部にわたる仮説と実験のつみ重ねがあって、現在の知見に達したことがよくわかります。ところが、社会学では理論（仮説）をたてても、自然科学におけるような厳密な意味での実験をすることはごく限られた場合を除いて、できません。そこで実験の機能的代替物として、フィールドワーク（現地調査）と比較があげられます。しかし、フィールドワークは、いくらつみ重ねてみても、事例研究であって、厳密な意味での仮説の検証ではありません。

比較の場合、たとえばマックス・ウェーバーは『プロテスタンティズムの倫理と資本主義の精神』で、プロテスタンティズムがはやくゆきわたった地域では、資本主義の発達がはやく、ゆきわたらない地域では資本主義がおくれるという仮説をたてて、アメリカのニューイングランド地方の例をあげて説明しています。プロテスタントの倫理が、働き主義と禁欲主義と個人主義を奨励することが、初期資本主義の発達に必要な資本の本源的蓄積と、親近性があるからだと説明しています。ところがこの仮説は、カトリックの学者からは異論がでています。これは説明仮説としてはすじが通っているのですが、仮説の実証ではなく、例証ということになります。

アメリカ社会学の近代化論では、資本主義の発達を、工業化の度合におきかえて、工業化によっておこる社会構造の変化の総体を近代化とよんでいます。これが進歩史観とむすびついて、近代化がすすむことが社会の進歩であり、現代では、アメリカがもっとも近代化された社会だから、したがって、アメリカがもっとも進歩した社会だということになります。実際に、近代化とは、地球上すべての社会が、アメリカやイギリスのように、経済的に繁栄し、政治的に安定した社会になることだと説明しています。

このような考え方によって、アメリカ国内では原住民であるインディアンが、祖先から受けついだ固有の信仰とそれにもとづく生活とを破壊してきました。そして国外でも同様のことが現在も進行しつつあります。

このような状況に対して、生物学の知見は、大切なアンティドート（毒消し）になると思われます。インディアンの固有の信仰とそれにもとづく生活を壊して、外からキリスト教とそれにもとづく「発達した」生活様式とを強制しようとすれば、それは、比喩的にいえば発生途上の一つの動物の個体に他の種の動物の細胞を混入してキメラ（一つの動物の個体に異なる種の動物の細胞が共存する）を作るようなもので、生きながらえることはできないということになります。さらに、生物の多様性こそが生物が地球上に生き残る必須条件であるとすれば（海洋生態学者ジャック＝イヴ・クストーはそのようにいっていますが）、地球上すべての社会がおなじような構造をもつようになれば、人類の生存はむずかしくなるでしょう。そうした基本的な意味で、生物学の先端の知見から、より深く学びたいのです。

＊ 原田正純さんが『東京新聞』の「いのちの旅」という連載の最終回（二〇〇二年六月二十九日付）で『地球白書』を引用しておられます。「現在、鳥類の12％にあたる約千二百種、ほ乳類の25％にあたる千百三十種が森林破壊などの環境の変化によって絶滅の危機に瀕している」。

創造のプロセスとしての社会変動

第二は、創造性の問題です。

わたしは創造性を、これまで心理学的な意味だけで考えておりました。ところが多田さんのこの二冊のご本と中村桂子さんの『自己創出する生命』をよんで、わたしたち自身の身体が、その生成の過程で、どんなに創造的な働きをしているのかをしって、おどろきました。

わたしが依拠していたのは、そしてたびたび引用してきたのは、イタリア系アメリカ人の心理学者シルヴァノ・アリエティの『創造性――魔法の総合』(Silvano Arieti, *Creativity: A Magic Synthesis*) です。かれによれば、創造性とは、これまで結びつかないと思われていた事物又は考えを、結びつけることに成功したことをいう。成功とは、芸術の場合は、人を感動させること。科学の場合は、その理論が、他の科学者の仕事に役立つことである、と定義しています。

さらに、創造には、二つのプロセスがふくまれます。第一は、明晰にして判明なる概念（clear and distinct concept）――これはデカルトです――と、形の定まらない、あいまいな内念（amorphic and ambiguous endocept）との結合で、もう一つは形式論理学（formal logic）と古代論理（paleo-logic）との結合である、と述べています。形式論理学は、もちろんアリストテレスの論理学で、これはわたしは「異化」の論理と考えています。これに対して古代論理――これはアリエティの造語です――は「同化」の論理、つまり二つのもののあいだに一点でも同じところがあれば、二つは同じものだ、これとこれとは違うというのではなく、これとこれとは同じだということを強調する論理だというふうに言っています。

このように創造性を定義したうえで、ベートーベン、ポアンカレー、アインシュタインなど、すべて西欧の芸術家および科学者の創造のプロセスを分析しています。

アリエティの事例研究は、すべて西欧の芸術家・科学者ですが、わたしはかれの創造性の定義とそのプロセスに含まれる二組の論理とを使って、柳田国男、南方熊楠、今西錦司の仕事を分析してみました。多田さんの『一石仙人』をこれに加えたいと思います。相対性理論を日本の古典芸術にむすびつけるなどだれも思いよらなかった偉業です。来年（二〇〇三年）の五月の初演がどのような感動をよびさますかたのしみです。

アリエティの創造性の定義と分析は参考にはなるのですが、これは個人心理のレベルでの分析であって、これを社会変動のプロセスの分析に使うことはできません。これは狭い意味での創造性です。

「共生」に向けて

スーパーシステムとしての人間の生命活動という多田さんの理論を、内発的発展論を深めるために援用させていただきたいと思うのです。多田さんがスーパーシステムの特性としてあげておられるなかで、わたしが最も注目するのは、「自己」は「非自己」に対応し、又環境の変化に対応して、絶えず変化する、そしてその変化は常に「自己言及的」であるという点です。

内発的発展論とは、一つの社会を構成するさまざまな地域（自然生態系の特徴を共有するひとまとまりの場所）を単位として、それぞれの固有の自然生態系と祖先からうけついだ文化に根ざして、環境の変化と外来の文化に対応しつつ、それぞれの地域の住民がそれぞれ異なる発展の形を創り出すことがよいことだという主張です。地球上すべての社会で工業化がすすめば、おそかれはやかれアメリカやイギリスのような社会構造になるという近代化論とは違います。たとえ他の社会から手本を学ぶことはあっても、必ず自己の自然生態系や伝統文化にもとづいて、それをとりいれるか否か、とりいれるとすればどのように創りかえてとりいれるかを、地域住民自身が主体的に「自己組織化」することが重要だということです。

そうすると、地球上には多様な構造をもつ地域が共存することになります。種の多様性こそ生類が地球上に生き残るための必須条件であるとするならば、人類もまた多様な文化と社会構造を創り出すことが、生き残りの条件になるのでしょう。

そこで次に問題になるのは、異なるものが異なるままに共生するにはどうしたらよいか、ということです。これはスーパーシステムとスーパーシステムとの関係の問題になるのでしょう。どうやら、またおなじところに戻ってきたようです。

二〇〇二年七月七日　　宇治にて

鶴見和子

超越とは何か

……二〇〇二年七月二十七日

多田富雄

鶴見和子さんへ

恐れていた骨折はやはり手術になったそうですね。しばらくは安静が必要でしょう。神様の休戦命令ですから従うほかはありません。でも手術ができる病は、必ず治るのですから、ありがたいと思わなければなりません。この手紙が着く頃にはきっと骨もくっつき、リハビリ復帰の朗報も聞けるだろうと思います。

私のほうは、目だって良くなるということはありませんが、御能を観にいったり、コンサートに出かけたり、結構忙しくしています。この間は、石牟礼道子さんの新作能『不知火《しらぬひ》』を見て、水俣の鎮魂歌の美しさに打たれました。能『賀茂』の、珍しい間狂言『御田』が復活上演されたのも見ました。名古屋の野村又三郎家に伝わる特殊な間狂言で、中世の田植えの神事を再現したものです。神官と手弱女《たおやめ》たちのエロチックなやり取りが面白かった。こんな毎日を送っていると、障害者もまた楽しといったところです。もっともお付き合い願う妻にはご苦労様ですが……。

免疫の自己と脳の自己

さて本題に入って、私の『免疫の意味論』を読んでくださったそうで、有難うございます。まず免疫系の「自己」と脳神経系の「自己」とは、どのような関係になっているかという鋭い質問です。

両方ともに「自己」を持っているスーパーシステムです。お互いに別々のシステムとして発達しますが、何か関係があるのでしょうか。お互いに共通のサイトカインという伝達物質を情報伝達や調節に使っていることが最近注目されてはいますが、それ以上の関係はありません。まったく別のシステムです。とりあえずは無関係といった方がいいでしょう。

脳のほうの「自己」は、神経という高次のネットワークによって作り出されるのですが、免疫の方は細胞同士の化学物質のやり取りによって成立する自己防衛の機構です。両者ともに高度の自己—非自己の識別能力を持っていますが、基本的には別物です。

それではなぜ二つを同じ舞台で論議するかといえば、二つのシステムにはアナロジーがあるからに過ぎません。互いに別の発達過程をたどったにもかかわらず、「自己」という属性を持つようになる。なぜか、というのが私たちの疑問です。何しろ「自己」がどうして形成されるかというのは心理学や哲学の大きな命題ですから、両方の「自己」の成り立ちを比較しながら考えてみようとしたのです。

もちろん脳の「自己」と免疫の「自己」とは性質が違います。でも共通性があることも確かです。それに免疫の自己の成り立ちは実験で検証することができますし、試験管内培養でも一部の実験が可能です。一方脳は培養もできないし、実験などおいそれとできない。だから免疫でヒントを摑もうとしたのです。

そうすることで、生物学的な「自己」というものの本性や成り立ちが分かってきたのです。たとえば、両方ともに後天的な選択と適応によって自己形成されることや、「自己」というものの可塑性、安定性、フラジャイルな属性などです。それがどうして付与されるかと言う、共通の疑問が説明できそうなのです。その結果、両者ともに同じ戦略を使っている、典型的なスーパーシステムであることが分かってきたのです。

成立したスーパーシステムが集まり構築されて、より高次のスーパーシステムとしての個体を作り出す。それを説明するには、科学哲学者、ポパーなどの説く「階層性」の検証が必要です。

生物の階層構造について

事物には階層性があります。個体というスーパーシステムで考えて見ましょう。個体は臓器からなっています。個体を理解するためには、臓器の生理を知らなければならない。でもいくら臓器の知識を積み重ねても、個体そのものの理解にはならない。

臓器は細胞からなっています。細胞を知らなければ臓器の働きは分からない。しかし細胞の知識をどんなに重ねても、臓器はもうひとつ別のルールによって運営されているから、臓器を理解することはできない、というように、上の階層の事物は下の階層のルールに拘束はされてはいるが、下の階層の現象を解析しただけでは上の階層の行動を説明できないわけです。

このことはさらに下層の分子、原子、素粒子でも同じです。いくら原子のことが分かっても、分子の行動は分からない。分子、特に高分子は、別のルールを使って、原子では説明の付かない生理作用などを発揮するのです。上の階層では、人間、社会、国家、地球、宇宙というように、広がって行くのですが、そこでも上の階層の事物は下の階層のルールに拘束はされていますが、それだけでは説明できない。生物学は、階層性が最もはっきりしている領域です。どの階層の現象を研究するかは、方法論のはじめに来るべきものです。

鶴見さんが、メタ・スーパーシステムと呼んだのは、この階層性における、より上位のものを指摘しているのではないかと考えます。それが自然界、大宇宙まで行くのかもしれません。

でも私は、次のように考えたいのです。今、細分化した自然科学は、ひとつの階層の内側のことだけしか考えようとしない。ますますその傾向はますます強まっているように見えます。しかし、他の階層のことをまったく知らないのでは専門馬鹿になってしまう。むしろ異なった階層間の関係こそが問題なのではないかと。

たとえば今、個々の遺伝子は次々に解読されて、遺伝子の総体(ゲノム)

にまで解析は及んでいます。個々の遺伝子のレベルと、ゲノムのレベルでは階層が違います。下の階層の個々の遺伝子が集まって作り出す上の階層のゲノムという世界が、どのようにして新しいルールを発明しているのかを見るいい機会であるはずなのです。ところが、個々の遺伝子を研究している科学者は、ゲノムの意味など考えない。ゲノムの研究をしているものは、ゲノムによって運営される個体のことを考えようとしない。

もう一度生物個体にもどって、遺伝子学ではない全体を見る立場の生物学が必要なのです。つまり遺伝子の階層で分かったことを総合して、ゲノムのルールを知り、次いで個体はどのようなプリンシプルで維持されるのかを解析すべきだと思うのです。

超越ということ

遺伝子の階層からゲノムの階層に、さらに個体としての体制にジャンプするというのは、大げさなようですが「超越する」ということなのではないかと思うのです。階層を超えながら成立する体制を知ることは、「超越の原理」を求めることになるのです。生命科学は、「超越の原理」を探求していると私は考えます。「超越」という哲学的命題を検証するなどといったら、科学者はびっくりするでしょうが、私はためらわずそう思っています。むしろそれ以外に問題を解明する方法はないかもしれません。

鶴見さんが、微小宇宙と呼んだ個体の「自己」は、「自己」の行動様式の研究を進めることで、さらに上の階層である社会や国家の運命にもつながるはずです。考えをもっと進めると、宇宙ともつながる原理となると思います。それが私のいう「超越」です。

そんなことを言っても、方法論はあるのかという疑問が湧いてきます。私は階層を越えるときには、必ず新しいルールが発明されるときだろうから、前の階層では使われていなかったルール、上の階層になって初めて使われるようになったルールを一つ一つ探し出すことが、「超越」という現象を科学的に解明する方法だと思います。

それは後で議論になる「創造性」ということにも関係することですが、階層を越えるとは、下の階層にはなかった新たな体制を発見することですから、創造を伴うことです。以前のルールにはよらない新しい次元の現象を作り出す、つまり「創造」することにほかならないはずです。

もともと「創造」するとは、無から有を生ずることではない。新しい関係性の出現です。教えていただいたアリエティの定義を含め、いろいろ出現の仕方があるかもしれませんが、ひとつは階層を越えて、上の階層にいたる過程というのもあるかと思います。階層を超える原理を研究すれば、「超越」も、「創造」の方法も分かるはずです。

生物は進化の歴史の中で、常に階層を越えてきました。進化が連続的ではなくて、爆発的に起こるのは、階層を越えるものが含まれていたからです。進化の創造性といってもいいでしょう。

南方熊楠が、粘菌を研究対象に選んだのもこのためだと思います。生物界は、菌界、植物界、動物界に分かれます。菌界の生物が植物に進化するためには、階層を越えなければなりません。植物には菌にないルールがあるからです。そこにはミトコンドリアで効率的にエネルギー代謝をするとか、葉緑素を持って炭酸同化をするとか、新しい機能が現れます。それは遺伝子の獲得によるのですが、単に量的に新しい遺伝子が付け加わっただけではありません。何か質的に越えるものがあったはずです。

同じように植物界から動物界への飛躍は、もう細胞などの単位の基本的性質は出来上っているのですから、これも量的な変化ではなくて、細胞の種類や働きの分化や、生殖、発生など、前にはなかった新しいしくみが現れたはずです。ここでも何か爆発的発展があった。それを私はより深い意味で「超越」と呼びたいのです。

粘菌は、菌界、植物界、動物界を超えて生息しているように見えます。いつも「超越」を繰り返している生物です。南方は、単に珍しいからとか、変化に富んでいるとかの理由で粘菌を選んだわけではないと私は思います。彼が興味をもったのは、「超越」の原理がそこに見えるかもしれないと思ったからではないでしょうか。それは後で、大日如来を中心とした曼荼羅の世界へ飛躍するのに役に立ったはずです。

知の集合を

私は、遺伝子からゲノムへ、ゲノムから生物への過程を眺めながら、超えるとはどういうことなのかを見てみたかったのです。免疫などという、ひとつの階層内での現象に目を奪われていたのでは、超えるなどという原理は見えてこない。やっとそれをやろうというところで病気になって残念です。

最近の生物学は、遺伝子を分離し、その構造を決め、結果をできるだけ早く論文にするだけの競争に終始しています。そのやり方は大成功で、バイオ産業は未曾有の隆盛を誇り、何兆円という市場を獲得しました。それは大切な科学の成果ですが、何もかも遺伝子だけで進めるという風潮になったのです。

それは一種の近代化論の弊害です。お金になるし、働きさえすれば成果が上がる。資本主義の理念に合っています。想像力なんかないほうが良い。ましてや階層の違う事象に興味なんかもってはいけない。

私の方法は、天邪鬼と映るかもしれませんが、社会科学のフィールドワークにいくらか似ているかもしれません。いくら異なった階層の事例を集めても、仮説の実験的検証には至らないという誇りをまぬかれません。物と形にしなければ科学にはならないといわれるのです。

でもこの方法は、全体を見るためには不可欠です。異なった階層の事象を比較し、そこに共通点と差異を見ること、そうすることによって階層を越える原理を発見するのだと思います。もちろんそこには、今流行の遺伝子レベルの解析も入ります。アリエティの古代論理、鶴見さんの「同化」の論理と似ているかも知れませんが、私の知識が不足しているので分かりません。

私は今、科学者は領域を超えて、対話することが必要だと考えます。科学のインパクトは科学を超えてしまっています。科学者だけではもう危ない。クローン技術や生殖医療など、生物学者の対処できる問題ではなくなっています。知の集合が必要です。鶴見さんはどうお考えですか。教えてください。

グローバリゼーションについて

今の議論も関係あることなのですが、最近グローバリゼーションということがよく言われています。中国南部の田舎の農民に至るまで、グローバルスタンダードという毒に浸っています。このまえのお手紙の、アメリカインディアンの信仰の事例ではグローバリゼーションの誤りがよく分かります。

一般には経済効果の範疇で議論されていますが、生命科学もその波に洗われています。先ほどの遺伝子万能主義もその一つで、おかげで日本の科学は全部遺伝子学に支配されたかのようになっています。それまで育っていたいいところが、経済的にも迫害を受けて消えてしまう危険があります。今西進化論を含めて、発生学、免疫学、遺伝学、環境学にも多くの独自の学問があったのですが。みんな遺伝子学に飲み込まれてしまう勢いです。

科学の世界のグローバリゼーションです。たとえばシンガポールや中国の一部は、バイオの先進国になりましたが、それを支える科学思想は、残念ながらこれらの国では未発達です。日本はようやく独自の科学が可能になってきたのに、それを捨て去って横並びの競争ばかりに汲々としている。内発的発展論は、自然科学にも警鐘を鳴らしています。

スーパーシステム間の共生

さて最後の議論、スーパーシステム間で共生は可能かという問題です。変化する環境に対応して絶えず変化しながら、「自己」を護ろうとしているスーパーシステムは、当然他者との関係で自己形成（自己組織化）をしていきます。そのためスーパーシステム同士は相互依存関係になります。脳と免疫、脳と個体、免疫と個体など、もし矛盾が起これば大変なことになってしまいます。ある種の自己同一性障害や自己免疫疾患は、その矛盾が現れたものです。そういう危険を回避するために、脳も免疫も、いろいろな戦略を使っているのです。免疫の場合は、「寛容」という戦略です。「非自己」に対する拒絶反応をやめてしまって、「自己」と同じように扱うのです。これは別の機会に詳しくお話ししたいと思います。

エコロジーという思想は、まさにスーパーシステム同士による自然生態系の維持に関する考えです。異なるものが互いに依存しながら構築している生物界は、もうひとつ高次のスーパーシステムに他ならない。ここに成立しているルールを大切にするというのが、私の主張です。どうやら鶴見さんと同じ結論に達したようです。

二〇〇二年七月二十七日　湯島の寓居にて

多田富雄

自己と創造性

……二〇〇二年十二月一日

鶴見和子

多田富雄さんへ

さっそくお返事をいただいたのに、私のお返事が数ヶ月遅れたことをお詫び申し上げます。

私は、大腿骨骨折の手術をしてから、部屋に帰って脱臼して、また病院に舞い戻り、その後は大事をとって、退院してからこの「ゆうゆうの里」の診療所の病棟で療養しておりました。だいたい一ヶ月くらい静養しておりましたが、その間、仕事をお医者様から禁じられました。それで、たいへんに遅くなったことをお詫び申し上げます。第四回目の多田さんのお手紙は、たいへんむずかしいことを仰っていらっしゃるので、お答えを書くのにたいへん苦労いたしましたが、だいたい見当が付いてきました。

もうひとつのお礼とお詫びは、このたび京都芸術大学で、多田さんの新作能『望恨歌《マンハンガ》』を観世栄夫さんのシテで上演なさる（二〇〇二年十二月三日）、こんな絶好のチャンスを、私は逃してしまいました。それに度々、心のこもったお招きのメッセージをいただきましたのに、私はお断りしてしまいました。たいへんに残念でございます。そのことについて、ちょっと最初にお話を申し上げたいと思います。

苦しみ、悲しみの共有

私は、大腿骨骨折の手術をしてから、外出を全然しておりません。そして、今のところ、外出する自信がございませんので、たいへん残念だと思いながらお断りしてしまいました。しかし、今、『望恨歌』が再演される――すでに八回上演されたので、今度は九回目の上演だと思いますが――ということは、非常に意味のあることだと思います。

今、毎日の報道は拉致事件でいっぱいでございます。そのときに『望恨歌』が上演されるということの意味について、考えてみました。というのは、苦しみ、悲しみの共有ということでございます。

こちら側だけの悲しみ――拉致された被害者の苦しみと、被害者と別れ別れになった被害者の家族の悲しみ――、そればかりが日本の側で言われております。ところが、過去において、戦争中に強制連行して日本に連れて来られた朝鮮の方たちの家族の苦しみと悲しみ、それを『望恨歌』で深く多田さんは描いておられます。

私は、異なるものは異なるままに、助け合って共に生きるということが、この地球上に人類が長く生きていくためには必要な原理だと考えておりますが、それは今とてもむずかしいことになっております。その途を開くのは何か、ということを考えてみますと、悲しみの共有ではないか、痛みの共有ではないか。

「拉致」とか「強制連行」ということは人権侵害の国家犯罪で、あってはならないことです。しかし、それがすでに行われてしまったとき、こちら側だけではなくて、あちら側の人たちの苦しみ、悲しみを共に担う、共に感じる、そのことによってのみ、異なるものが異なるままに地球の上に共に生きる道が開けるのではないか。そのためにあのお能を上演され、それを多くの人が観るということが、たいへん今、貴重な経験になるのではないか。そのように私は考えております。

もうひとつお礼を申しあげたいのは、私が病院に入院しておりますころに、『懐かしい日々の想い』(朝日新聞社)という最近のご本——多田さんがお倒れになってからのちに出た最初のご本でございますね——、お元気なころに経験されたことを書かれたエッセイをお集めになったご本をいただきまして、誠にありがとうございました。ちょうど仕事を差し止められておりました時期で、毎日このご本を病院で楽しんで読ませていただきました。

アフリカやアジア、ヨーロッパ、世界中をお仕事で旅されて、その都度書かれたもの、とくに最初のアフリカのご旅行の「ドゴンへの道」、非常に深い印象を受けました。本当にありがとうございました。

そしてまた、『生命の意味論』『免疫の意味論』のなかでお書きになったことを、具体的にやさしく例を挙げておられます。この本のなかに、「ゲノムの日常」という題や、「生命の意味論」に対して「死の意味論」という小見出しもあったように思います。そういうものを読ませていただいて、今までわからなかったことがだんだんにわかってきたように思います。どうもありがとうございました。

社会学のなかの「階層性」の伝統

さて、第四回目の多田さんのお手紙に対する答えをこれから述べさせていただきたいと思います。ここで一番大きな問題として、「階層性」と「超越の原理」ということを多田さんは出しておられました。このことについて考えてみたいと思います。

「階層性」は、哲学者のカール・ポパーに言及して、これを言ってらっしゃいます。下の階層の原理で上の階層の説明をすることはできない。たとえば、三兆個の細胞が集まってわれわれの個体が出来ているが、細胞の関係性で個体を説明することはできない。個体の原理で、その上の社会とか地域とか国家とか宇宙と、だんだん大きい単位になっていく、その上の階層を、下の階層の原理で説明することはできない、ということを「階層性」で詳しく述べていらっしゃいます。そして、上の階層で新しい原理を発見することが、「創造性」につながる、ということを仰っています。

これは社会学でも、社会学の方法論として非常に重要な問題だということを指摘したのが、デュルケームでございます。デュルケームは、「階層性」ということばを使ってはおりませんが、ある特定の社会的事実を他の社会的事実によって説明することが社会学の方法であって、それより下位の単位の原理によってその上のもっと大きい単位の事実を説明することは社会学の方法ではない。それは「還元主義」になる、というふうにきびしく戒めています。

このことを実践してみせたのがデュルケームの『自殺論』でございます。ある人が自殺した、なぜ自殺したのか、ということを説明するために、「あの人はうつ病であった」「あの人の親兄弟が自殺している。だからこれは遺伝だ」といったのでは社会学的説明にはならない。

では、どういうふうにデュルケームは説明したかというと、社会を統合の型によってタイプに分けたんです。タイポロジーです。非常に社会規範が強く個人を束縛する、統合の強い社会では、どういう自殺が起こるかというと、"altruistic suicide"――「愛他的自殺」です。これは多田さんの『懐かしい日々の想い』のなかに出てきましたが、「アポトーシス」という細胞の死は愛他的死である、人体を活かすためにある種の不適合な細胞は自死していくという原理があって死んでいく。その細胞は、他の細胞が食べる、あるいは残っていてあとで他の細胞とくっついてまた新しい働きをするようになる。その"altruistic"（愛他的）な死、つまり個体を活かすために死ぬ細胞はたくさんある、ということを書いていらっしゃいますね。デュルケームの"altruistic suicide"はどういうのかというと、非常に統合が強くて社会規範が強く個人を規制している社会では、たとえば主人が死ねば家来は殉死しなければ、切腹しなければならない社会では、そういうかたちの自殺が多くなる。

それから、"anomic suicide"（アノミー的自殺）というのは、そのちょうど反対で、大恐慌が起こったり、戦争が起こって敗戦する——一九二九年のアメリカの大恐慌ののちとか、敗戦後の日本のような場合とか——そういうときには何が起こるかというと、社会規範が崩壊してしまう、そして個人はバラバラになって、自分がどういう方向に行ったらいいか、何を信じたらいいか、わからなくなる。そういうときには、“anomic suicide” が多くなる。そういうことを言っております。

それから、“altruistic” に対して “egoistic suicide”——利己的自死。これも “anomic” に似ているんですが、個人がばらばらになって孤立して、だから非常に不安定になる。自分がどういう方向に行っていいかわからない、何を信じていいかわからない。そうなったときに “egoistic suicide” が多くなる。

そして、四つ目は、何だかおかしい名前がついているんですが、“fatalistic suicide”（宿命的自殺）。これは非常に個人が抑圧されている状態にあるときに起こる。たとえば奴隷になるとか、犯罪を犯して囚人になる、つまり牢屋に閉じこめられる——そういうふうに非常に抑圧が強い状態に個人が置かれたときに起こる自殺を"fatalistic suicide"と呼んでおります。

つまり、社会の統合のタイプと個人の自殺のタイプと、社会のタイポロジーと個人のタイポロジーとを対応させて考えている。このやり方は、ずっと受け継がれてますね。たとえばW・I・トマス(1863-1947)、フロリアン・ズナニエツキ(1882-1958)——トマスはアメリカ人、ズナニエツキはポーランド人です——、この二人の共著で『ヨーロッパとアメリカにおけるポーランド農民』という本が出ております。この本は、一九一八年から二〇年にかけて出た本で、その後、何回も復刻版が同じドーバー出版から出ております。そしてこれは、社会学の方法論に金字塔を建てたと言われております。社会学だけではなくて人類学、歴史学、政治学などの学者が集まってこの本についての討論をしているという、社会学史上のたいへんに有名な本でございます。

その方法は、個人史を使って社会の歴史を考える。つまり今まで個人の書いた日記とか自伝とか書簡とか、そういうものを社会学は使っていなかったのですけど、そういう個人史資料に基づいて——今はライフ・ヒストリーと言われておりますが——社会の変動を考える。これは非常に新しい方法であったわけです。でもここでも、デュルケームが『自殺論』でやったように、社会のタイプと個人のタイプとを対応させて分析しているわけです。例えば、ズナニエツキのいた時代のポーランドは、三つの国に分割されて、非常に大きな困難があったわけです。そのことを考えて、まず社会を“organized”（安定期）、それから“disorganized”（混乱期あるいは崩壊期）、そして“reorganized”（再編期）という三つの時期、あるいは「安定した社会」と「混乱した社会」と「再編される社会」という三つのタイプに分けて、そして人間のタイプをそれに対応させております。

安定期にはどういう人間が増えるかというと、"the Phlistine"――俗人が増える。社会の規範がちゃんとあるからそれに順応していれば安定した生活ができる、そういう陳腐な人、つまり俗人が多くなる。

それから"disorganized"、社会の混乱期にはどういう人が増えるかというと、"the Bohemian"（ボヘミアン）、つまりひとりひとり勝手なことをやる。社会規範が崩壊していますから、自分で好き勝手なことをやる人が増えてくる。

そして"reorganized society"、再編期の社会ではどういう人が多くなるかというと、"the creative"――何か新しいものを創造する人間が増えてくる。そういうふうなタイポロジーを作って、個人史資料を分析したわけです。

私も考えてみますと、個人史の方法というのが私の方法としては一番やりやすい方法で、この方法をとっておりますが、水俣の調査をしたときも、個人史の聞き取りのなかから水俣の分析を致しました。でもトマスとズナニエッキの方法にはいろんな批判がございまして、彼らがやったことは、個人史そのものからこのタイポロジーを引き出したわけではないのです。まずタイポロジー、社会の類型論を考えておいて、それに対応する人間のタイポロジーを考えた。それをこの個人史資料に押しつけたといいましょうか。つまり、実地調査からそれを引き出したんではなくて、頭で考えた理論を現実に押しつけようとした、そういうやり方であったと思います。

そして、わりあいと最近にもこういう方法を使った人がいます。リースマンの有名な『孤独な群衆』という本に出ておりますが、前近代社会の人間のタイプはどういうのかというと、"the tradition-directed"（伝統志向）、伝統に従って生きている人間が多い。ところがルネッサンス期になると、新しい人間像がでてくる。それは“the inner-directed”（内部志向）、自分自身の内部の規範に従って生きるという、自律的人間がたくさん出てくる。そして現代、いわゆる大衆社会と言われている現代はどういう人間タイプが多いかというと“the other-directed”（他者志向）、他人と同じようにやる。たとえばひとつの流行があるとそれにわーっと、その流行の服を身につける、流行の音楽を聴く、流行の言葉を使う。流行によって他者がやることを自分もやるという他者志向が多くなる。

こういうことをリースマンはやったんですけれども、デュルケームの『自殺論』から、トマスとズナニエッキの『ポーランドの農民』から、ずっと引き継がれている社会学の伝統なんです。

すべては「自己」に帰る

そこで私はうかがいたいことがあるのです。つまり、「階層性」そしてそれを「超越する原理」――上の階層に行ったときに新しい原理を発見するあるいは創造する――そういうことを多田さんは述べてらっしゃるんですけれども、そういうときに、下の階層のスーパーシステムの間の関係性の原理と、その上の階層のスーパーシステムの説明原理と、どのようにつながるのか。つまり、私は社会変動と個人の変化の結節点、結び目はどこにあるのか、どういう関係があるのか、生物学ではどういう関係があるのか、ということを伺いたいんです。

南方曼陀羅流にいえば「萃点《すいてん》」です。あらゆるものがそこで最も多く出会う場、それは何なのか、ということを考えてみますと、私はやはり個人に帰るのではないかと考えます。たとえば、生きている個体、個人の体の中で免疫の活動とか、生きるとか死ぬとかが起こっている。その次の階層の、個人がいっしょになっている社会の変動を、個人の説明原理で説明することはできない。これは社会学ではっきり言われていることです。そこで社会の変動と個人の変化との結び目は何かというと、いま申し上げましたように、社会学では私の知っているかぎりでは、このようにデュルケームからリースマンに至るまで、社会のタイポロジーと個人のタイポロジーの対応関係をみるというかたちで繋げているわけです。

個人、社会、国家、世界、宇宙と、だんだん集団が大きくなっていく、単位が大きくなっていく。そのときに、どの階層にも介在しているのは何かというと、「われ」「自己」です。免疫学でいってらっしゃる「自己とは何か」という問題に、もう一度帰ってくるのではないか。自己がいつも介在しているんですね。個体ではもちろん自己ですし、社会の変動のなかにも自己がいるわけです。そして国家にも自己、国家と自己との関係があるわけです。そして宇宙のなかに自己がいるわけです。

それですから、私のいう「自己は微小宇宙」というのはそういう意味なんです。どこにも介在している。そうすると、またもう一度、免疫学のなかでおっしゃっています「自己とは何か」、「自己」と「非自己」の関係はどうなるのか、という問題に帰ってくるのではないでしょうか。

そうして、自己の創造性が、生命の維持につながっているとすれば、自己の創造性というものが核としてある、そういうことになるのではないでしょうか。

多様な原理を認めあうこと

ところが私はひとつ伺いたいことがあるのです。

自然科学と社会科学との違いなんです。それは階層が違う。上の方にだんだん単位の大きさが大きくなっていけば、そこで関係性の新しい原理が発見される、あるいは創造される、と仰っていらっしゃいますが、その原理はひとつなんでしょうか。それとも多様性があるのでしょうか。それを伺いたいのです。自然科学では、実験して仮説を実証することができますけれども、社会科学では実証することは非常にむずかしいのです。

それで例えば、私がいいと思っているのは南方曼陀羅の原理なんです。異なるものが異なるままに共に生きる。お互いに助け合い補い合って共に生きる関係にある。そのことによって地球の上に人類が生きながらえることができる。そういうふうに私は南方曼陀羅を現在に照らし合わせて読んでおります。

ところが現在、世界の中で進行していることは、さまざまな国がありますが、最も軍事力が強くて最も経済力が強い国の統治者が、自国の文化、自国の価値観が最も優れたものだと信じ込んでいるんですね。そして、それで世界中を覆ってしまおう、それに従わないものはすべて力で消してしまおう、そういう原理があって、寛容の原理と非寛容の原理が、いま世界で対立しているわけです。

私の社会学の恩師でプリンストン大学名誉教授のマリオン・リーヴィ(Marion J. Levy, Jr. 1919-2002)が言ったのは、宗教には二つの種類がある。たった一つではないんだ。ひとつは非寛容の宗教、もう一つは寛容の宗教、あるいは排他的宗教と非排他的宗教、そういうのがあると言っている。排他的宗教が宗教の唯一のかたちだと今まで考えられてきたけれど、そうではないのだと言っているんです。

排他的宗教とは何かというと、ひとつの神を信じたら、その他の神を同時に信じることは偽善であり間違いであると考える宗教。その典型は、キリスト教とイスラム教であるといったんです。それに対して、一つの神を自分が信じても、他の神を同時に信じても差し支えないと、そういうふうに考える宗教が寛容宗教、非排他的宗教。その実例はたとえば日本の神道とか仏教とか、ジャイナ教とか道教とか、アジアの宗教のなかにはそのような宗教がたくさんある。両方とも宗教と呼ぶことが出来るのだというふうにいったんですけど、そういうふうに原理が対立する。原理は一つではない。対立したときにどうやって決めるかというとね、社会科学では実験室で決めるわけにはいかないので、力でねじ伏せるというような状況に今なっております。

それで、異なるものが異なるままに共に生きるということに、私は賭けております。しかし、それは、社会科学においては唯一の原理とは言えない、それは価値観の問題だということになりますと、何で決めるかという決め手がなくなるんです。

そのことが自然科学と社会科学とのあいだの違いではないのか。

そのことをどういうふうにお考えになりますか。教えていただきたいと思います。

苦しみの共有と自己

それから、最初に申し上げました共に生きる途を拓くということは苦しみ、悲しみの共有ということではないか、それはまた自己の感覚の問題になって参ります。

あまり先まで行ってしまうとおかしいことになりますが、今西錦司さんは、デカルト批判のなかでこう仰っています。「われ思う、ゆえにわれあり」と言ったデカルトは間違っている。これが二元論のはじまりである。言語体系をもっていなければ「思う」ことはできない、考えることはできない。そうすると言語体系をもつ生きものともたない生きもの、もつものともたないものの二元論になる。そして人間だけが言語をもっているということになると、人間が一番えらいということになって、人間とその他の生物あるいは無生物とは全然ちがうものだということになります。

これに対して、これとまったく同じようなことをオランダの気象学者が言っているのに私はびっくりしました。テナカスさんという王立気象台の幹部です。その気象学者が書いている論文によれば、手を机にぶつければ「あ、痛い」と感じる、「われ感じる、ゆえにわれあり」――「われ思う」ではなくて「われ感じる」というふうにデカルトを直せば、これは二元論ではなくなる。そうすると、南方や私の考えに非常に近くなります。

「感じる」ということは、たとえばお能を観て感動する、『望恨歌』を観て非常に感動した観衆が、なるほど、こちらがやったことが向こうの人びとに対してそれだけの苦しみを味わわせていたのか、ということを感じれば、今の拉致問題に対する考え方、そして国際関係についての考えも、変わってくるんじゃないでしょうか。

感じるということは、生物の一番大事な共通点になるのだ。人間同士においても、また人間と人間以外の生きものとの関係においても、感じるということが一番大事なことなんだということを、日本の今西錦司さんとオランダのテナカスさんが仰った。しかもテナカスさんは気象学者、今西さんは人類学者です。そういう分野の違いがありながら、同じようにデカルト批判をしている。ということが、私はとても面白い、というよりむしろ希望のある発見であったと思います。

だから、西欧ではこう、アジアではこう、というふうにはっきり分類しなくても、人間同士が通じ合えるのはどのようなかたちか、そしてそれが国際関係に影響を及ぼしていくことができるんじゃないかという基本的な問題がある。そこに多田さんは『望恨歌』という芸術作品をお作りになることで、貢献していらっしゃると私は思います。

最後にちょっとつけ加えたいことがございます。

『鶴見和子・対話まんだら』(藤原書店)の第三回目に、歌人の佐佐木幸綱さんと対談いたしました。佐佐木幸綱さんとの対談の本の題は『「われ」の発見』――「われ」は多田さんの免疫論のなかでは「自己」ですね――、「自己の発見」と藤原良雄さん（藤原書店社長）がつけてくださいました。

それで、もういちど私はしきりに「われ」の問題を考えているんです。それだから、今のような結論になった。けっきょく萃点はひとりひとりの「われ」である。というところに戻ってきたわけです。そこで、「自己」とは何か、「われ」とは何か、究極の「われ」は何か、究極の「自己」は何か、ということを探究していくことが社会科学にとって非常に大事だと考えます。それから芸術作品である短歌にとって大事だということを、佐佐木幸綱さんから教えていただきました。そして多田さんは、自分の身体が「自己」と「非自己」のたえまのない闘いによって創造的に変化している。それによって生命が維持されている、だから「自己とは何か」ということを問うことが非常に大事だ、そしてその「自己」が「非自己」との闘いによって、変身していく、絶え間なく変わっていく、その変わり方は自己のあいまい性に基づいているとおっしゃっていますが、最初の問題――自己と非自己の関係の問題と創造性の問題――に、もう一度還ってきてしまったように思うのです。

これが生物学という自然科学の一分野と、社会学という社会科学の一分野の、共通点というか結節点になるのではないかと考えます。ぜひ十二月の終わり頃に佐佐木幸綱さんとの『「われ」の発見』という対談が出ますので、ご覧下さい。

「われ」というものが核になる、非常に重要であるということにおいて、自然科学と社会科学とがつながり、そして佐佐木幸綱さんのような歌人、芸術をやってらっしゃる方ともつながってくる。そうすると学問と芸術とがこれでつながる、そういうつなぎ目になっているのが、「われ」あるいは

「自己」とは何かという問題になるのではないでしょうか。

そしてさらに言えば、学問と芸術がつながるということを実践していらっしゃるのが、多田富雄さんということができると思います。これは、たいへんなお仕事です。これを実践している人がいるということが、すばらしいことだと思います。

そしてその実践が、私の勝手な思いこみでは、国際関係にも影響を与えうると思います。そこがたいへん重要なポイントではないでしょうか。

二〇〇二年十二月一日　宇治にて

鶴見和子

異なった階層間の接点

……二〇〇三年一月三日

多田富雄

鶴見和子さんへ

入院治療が長引いて、三ヶ月余りも執筆が差し止められていたと聞いて、さぞお力落としだったろうと拝察いたします。風邪を引けばすぐさま肺炎の心配をしなければならぬこの病気では、体のちょっとした不調でも気落ちしてしまうものですから。股関節の脱臼で痛みが持続的にある毎日は、さぞおつらかったろうと存じます。思わぬところに伏兵がいたものです。

今は少しでも痛みが和らいでいることをお祈りいたします。

同じ脳血管障害で、しかも麻痺だけはずっとひどい私にとっては他人事ではありません。いつ転倒して骨折するか、毎日薄氷を踏む思いで過ごしているのですから、お力落としは痛いほど分かります。

でも、今回もいつもと変わらぬ、明晰な、そして真剣なお手紙に接し、安心し、かつ感銘いたしました。今度も難しい問題提起をいただき、その気迫に圧倒されました。私などはそうなった時、鶴見さんのように力強く立ち直れるかどうかと考え込んでしまいます。

さて私の新作能『望恨歌《マンハンガ》』のことですが、ご案内の京都公演も終わり、そのヴィデオが送られてきました。今回は劇場の額縁舞台での上演ですが、回を重ねるごとに観世栄夫さんの主張がはっきりと舞台上に結晶化されるようになったと思います。今回の上演では、「恨《ハン》」の思いが舞いに色濃く反映されて、反戦と平和の訴えが強く観客に響きました。

この能は、戦時中日本に強制連行された朝鮮人の若い男が、郷里の村に残してきた妻にあてた手紙を残して死ぬ。その手紙を見つけた僧が、妻の住む朝鮮の村に届けるところから始まります。妻は日本から来た僧ときいて会おうとはしませんが、夫の手紙と聞いてしぶしぶ作り物の藁屋から出てきます。読み終わると、ひと言朝鮮語で叫んで泣き崩れます。折しも秋夕《チュソク》の魂祭りなので、酒を酌み交わし、舞を舞います。それが恨《ハン》の舞なのです。

観世栄夫さんは、この舞を万感を胸に秘めた、静かな、しかし激した序ノ舞に結晶しました。それは何世紀にもわたって繰り返された、二つの国の間の悲劇を思い出させます。

折しも北朝鮮の側の日本人拉致問題が、毎日紙面をにぎわせています。

痛ましい話が次々に明るみに出てきます。日本と朝鮮、どちらでも痛みは変わらない。そういうときに上演を決意された観世栄夫さんの勇気に感謝しています。またそれをいち早く認めてくださった鶴見さんに感謝いたします。苦しみや痛みを共有することが大切というご意見には全く同感です。

社会科学と自然科学の違い

今回の鶴見さんのお手紙は、期せずして社会学と自然科学の方法論の比較になっていることに気付かされます。ご質問は、鋭く本質を突き、もとより浅学の私が的確に答えられる筈はありませんが、いいチャンスですから、胸をお借りするつもりで考えて見ようと思います。

まず自然科学は、基本的に還元主義に基礎をおいています。上の階層の現象を、その下の階層のルールだけで説明しようとします。体のことは細胞で、細胞のことは分子や遺伝子で、という具合に還元してゆく。だから、生物学の現象では、上の階層の持つ目的や意思は対象にしないのです。事物は下位のルールどおりに動く。

もともと生物学が言及できる対象は、全部結果だけです。目的や意思は問題にしないから、結果だけしか相手にしない。自然科学には、What? や When? Where? How? などの問いはあるけれども、Why? という問いかけはないといわれています。実験室で実証できるのはそこまでだからです。

ご質問にあった死についても、不思議なことに生物学では概念が確立していなかったのです。ごく最近になって、従来の他動的な死、つまり火傷などで細胞が破壊されて死ぬネクローシスと、自分の遺伝子を能動的に働かせてみずから死んでゆく、自死、つまりアポトーシスが区別できるようになったばかりです。生物学的死の類型学はないのが実情です。

アポトーシス自体には、利他の目的も意思もありません。結果として、他の細胞のためになるので合目的的に見えるに過ぎないのです。

よく知られたことですが、キリンの首は高い枝になっている果物を食べる目的で長くなったのではなく、偶然の進化の結果として長くなったという論理に過ぎません。進化は偶然の変異とその選択によるものです。その偶然の変化（突然変異）と選択（淘汰）のメカニズムを、価値判断なしに解いてゆくのが、生物学ですね。

よく分かりませんが、社会学では自由意志を持った人間という生物が、特定の意思や動機を持って集団の中で行動を起こす。それが多様な個別的結果を生み、その人間の生きる社会にもひとつの志向をもった変化をもたらす。その関係を調べるというのが研究対象のひとつではないでしょうか。

鶴見さんの「社会変動と個人」はそういう立場から書かれているように見えます。

だから階層が変わっても、お互いの関係性を問うことが出来る。お便りにあった「自殺」の問題も、個人の行動と社会の変動を関係づけて解析できるのではないでしょうか。

アポトーシスという細胞の自殺は、発生の途中で要らない細胞が自ら死んで形が作られたり、免疫系が自分を害する細胞を除去したり、古い細胞を新しい細胞に入れ替えたりするのに大切な死の現象です。アポトーシスを人為的に止めてしまうと、発生も出来なければ、生き延びることさえ出来ないのです。

しかしこんな大事な現象も、決して個体の生存という目的で起こるというわけではない。時には個体に死を招くこともある、危険な現象でもあります。キリンの首と同じで、単に偶然の産物です。それが偶然利用されたために生き残ったに過ぎません。個体の生存と、遺伝子のレーゾンデートルとは無関係といっていいのです。下位の細胞の行為と、上位にある個体の運命とは、関係ないということです。行為のタイポロジーそのものが成り立たないのです。

オーソドックスの生物学者は、結果としての細胞死のメカニズム（How）だけを探求しようとしているのです。なぜ（Why）自殺するかということには関知しない。それが自然科学の立場なのです。

社会学は、なぜそうなったかを問う学問です。だから個人の自殺という下の階層の現象が、上位の社会という階層の現象にどう反映しているか、あるいは社会にどう影響されているかを研究対象とすることが出来るのではないでしょうか。

人文科学との接点

しかし生物学者だって、いつまでもそんな古風な還元主義的なことばかり言っていられません。それぞれ対象としている階層の現象を記述するだけでは生命という全体の理解には近づけない。私のやり方は、二つ以上の異なった階層の現象を並列的に比較して、共通点や相違点を発見し、階層を超えることによって生じる不連続な変化、つまり新たに発明された原理を探すという方法です。それによってスーパーシステムが、何を創造したかを発見しようというのです。

たとえば、遺伝子の階層とゲノムの階層を比較して見ましょう。ゲノムは遺伝子記号の単なる足し算的総和ではない。ある種のコンテキストが加わって、新たな意味が生じたのです。個体も、異なった細胞の集合体ではないのはいうまでもありません。階層を越えたとき何かが質的に変わる。細胞や遺伝子以上のものが見えてくるはずです。

個々の遺伝子では見えずに、ゲノムではじめて見えてくるものには、たとえばゲノムの完結性とか、安定性とか、新しい関係性があります。それは遺伝子を個別的に扱っていては分からないことです。人間はどうして人間として安定なのか、なぜサルにならないのか。人間が人間なのはなぜか。種がゲノムとして安定性をもち、完結しているからです。それは、ヴィールスから植物、動物にいたるまで、種というものの安定している根拠です。

別の例を挙げましょう。たとえば進化論では、弱肉強食という生存競争と選択の原理がありました。これは個体レベルの原理です。しかし、階層が変われば違った原理が見えてきます。遺伝子の観点から見れば、進化は

ＤＮＡ自身の生存を目的に起こる。ＤＮＡの保存のために個体を利用しているだけだ、という別の原理が見えてきます。いわゆる利己的遺伝子説は、階層を変えた見方によって発見されたのです。遺伝子は、利己的に自分が生き残るために子孫を産み、生物を利用している。そのためにＤＮＡは何でも利用し、変化を繰り返し、常に創造するものになっていったといえるのです。ＤＮＡの創造力のおかげで、生物は進化してきたという論理が続きます。

もうお気づきでしょうが、この議論で私は「なぜ」の世界に踏み込んでいます。自然科学なのに目的とか、理由を問題にしている。従来の生物学、いや自然科学の還元主義の掟を破って、なぜそうなるかを考えているのです。厳密な科学の則を超えて、事物の本性をたずね始めたのです。社会科学のタイポロジーのようなものには及びませんが、生命のような複雑な系を、全体として理解しようとすれば、必然的にそうならざるを得ないのです。自然科学では、異端と非難を受けるでしょう。

生命には進化するという本性がある、そう考えると話は違う展開になります。ゲノムのＤＮＡは、種を安定に維持すると同時に、絶えず流動的に変異し、新しい遺伝子を作り出してそれを自己組織化することが知られています。それも進化の一因となっています。ＤＮＡの本性です。

もともとスーパーシステムの定義は、自ら自分を作り上げてゆくシステムです。「自己」というものを持っていることが特徴です。「自己」を守り発展させるために、外からの情報を内部情報に変換して使い、自己言及的に変化してゆく。その点が通常のシステムとは違う。免疫現象から導いた私の結論ですが、おなじ戦略が脳神経系や発生などの複雑な生体の仕組みにも見られます。私は『免疫の意味論』でそう主張しました。その言い方は、生物の仕組みに目的や意思を暗黙のうちに認めた言い方になっています。

私は、それが生物の仕組みのみならず、生命活動の結果必然的に生み出されるいろいろな文化現象（たとえば都市や社会の成り立ち）にも応用できると主張しました。『生命の意味論』は、そんな目的で書いたものです。そういう視点を持つことによって、自然科学と、社会学を含んだ人文科学は対話が出来ると信じたのです。そうして鶴見さんとの貴重な対話の機会が与えられたのだと思います。

スーパーシステム間の結び目

だいぶ遠回りをしてしまいましたが、今度の鶴見さんの問題提起は第一に、異なった階層のスーパーシステムの結節点は何かという問題でしたね。

そこで鶴見さんは、個人と社会の出会うところとして、デュルケームの『自殺論』の例を挙げて、それは「自己」であるとおっしゃっています。

まさにわが意を得たりで、スーパーシステムは「自己」というキーワードで動いているシステムであることがこれまでの議論でも分かります。生物学ではタイポロジーは発展していないのですが、強いて例をあげれば、免疫の「自己」を守るために危険な細胞が自死してゆく胸腺細胞のアポトーシスは、デュルケームの愛他的自殺に相当します。それに対して、発生の途上で指の間の水かきの部分が死んでいくのはフェイタリスチックな細胞の自殺です。どちらもより上位の自己のために死ぬのですが、発生と免疫ではコンテキストが違います。しかし自然科学では細胞がなぜそういう行動を取ったかは問いませんが、いずれの状態でも「自己」が問題であることは明らかです。たとえば実験的にその自死反応をとめてしまうと（それは遺伝子操作で簡単にできるのですが)、自己を傷害する自己免疫反応が起こったり、発生がうまく行かなかったりして、個体の生存ができません。

そのほかに、ゲノムの安定性も種の「自己」を守るのに大切な現象ですから、ゲノムレベルでも、「自己」という問題に帰ってきます。ご指摘いただいたようにもっと上位の社会や国家の「自己」もあります。したがって、「自己」というのがあらゆるところにかかわってくる。「自己」がスーパーシステム間の結節点であることは、よく分かります。

次に問いかけられたのは、階層を越えることによって新たに現れる原理は、ひとつか多数かという問題ですね。これは考えるまでもなく、多数ですし、多様性に特徴づけられているはずです。

たとえば、免疫系というスーパーシステムが生まれる前は、侵入した異物(非自己)は貪食細胞が食べてしまうか、毒物で殺してしまうかして排除するのが、唯一のやり方でした。そうして細菌などの異物は排除されて、植物も無脊椎動物も「自己」の防衛に成功してきたのです。

免疫ができたのは脊椎動物からですが、「自己」と「非自己」を厳密に区別し、「非自己」の侵入に対して抗体の合成やリンパ球などの働きなどを総動員して、複雑な反応の仕方を発明しました。その中には、排除の反応のみならず「免疫学的寛容」という新しい異物との共生の仕方も含まれます。「免疫学的寛容」というのは、条件によっては異物を「自己」の成分と同じように扱い、排除をやめて共生する戦略です。

階層を越えるような生物の進化の一例ですが寛容と非寛容、排除だけでなく共生の原理が生まれたことを示す好例です。階層を越えることが、創造につながった例でもあります。また生まれる原理には多様性があることを示しています。

脊椎動物には、もうひとつ脳神経系という新しい原理の発明がありました。痛みや快感を感じ、それに反応したり、それらを記憶することもできる。最終的に人間になると「知」の創造と蓄積という、もうひとつ上の階層の活動をするようになった。でも原理はひとつではありません。「知」は大切な財産ですが、「知」だけで世界は動いているだけではないことは、朝鮮問題ひとつとってても確かなのです。

そんな複雑な問題に対して、ひとつの原理でものを解決しようと思っても駄目です。免疫でも、排除による防衛という一つ覚えの戦略だけでなくて、時には反応をやめてしまうという「免疫学的寛容」という原理があるといいました。それを働かせて「共存」するというのも、ひとつの道であることを、生物学は教えていると思います。

もうひとつの問題は、「自己」と「われ」という難しい問題です。最近の佐佐木幸綱さんとの対談に触れられている「われ」は、今まで話してきた生物学的「自己」より根源的なものと承知します。そこでおたずねしたいと思ったのは、鶴見さんは「自己」というものはどこまで安定で不変なものかと言うことです。

私は「自己」とか「非自己」という議論が分からないという学生に、自分と他の人の手をつねらせて、痛いかどうかを聞いて、痛いのは「自己」、痛くないのが「非自己」だと教えたことがあります。まさしく感じる「われ」です。

ところが発作の後、右手が麻痺して感覚が鈍くなり、どこまでが「自己」なのか「非自己」なのか分からなくなった。自発的な運動が出来ないのに、筋肉が不随意に突っ張って、どうにも収拾が付かないことがある。鶴見さんも経験があると思いますが、それが時々反乱を起こすのです。どうやら自分の中に「非自己」が住み着いてしまったようです。

それればかりか、今の「自己」は、以前の「自己」なのかどうかさえ怪しくなってしまいました。免疫系でも、実験的に放射線を照射して免疫系を全部壊してしまい、骨髄移植で回復させた動物では、もとの免疫学的「自己」とはまるで違った反応性を獲得します。簡単に「自己」は置き換えることが出来るのです。今、私は自分の中に、何か新しい生き物が生まれているような気がしています。重度の障害者になった私に希望を与えているのは、獣のように蠢く新しい人間のようです。それがはじめのお手紙で問題になった私流の「回生」ないし「転生」の正体です。

今回は難しい問題提起のため、お返事が年を越してしまいました。新年のご挨拶も申し上げず、お返事だけに終始してしまいました。お許しください。

お疲れのところをお騒がせしてすみません。ご回復の速やかならんことをお祈りします。

二〇〇三年の正月三日　湯島の寓居にて

多田富雄

「われ」とは何か

……二〇〇三年一月二十六日

鶴見和子

多田富雄さんへ

まことに充実したすばらしいお手紙ありがとうございました。往復書簡もいよいよ大詰めに近づきました。今回がわたくしからの最終のお返事になると思います。

「自己」はどこまで安定しているのか

まずお手紙の最終のところのご質問から始めましょう。わたくしが自己というものをどこまで安定して不変なものと考えているかについておこたえいたしましょう。

アメリカの哲学者で社会心理学者のジョージ・ハーバート・ミード（George Herbert Mead 1863-1931）は、自己（self）は、I（主我）とme（客我）から成っているといいます。meとは、自己の中に取り入れられた他者です。主体としての自己は、他者と交流することによって変わってゆきますが、その変わり方は、多田さんがいわれるように、常に「自己言及的」です。主体としての自己を、多田さんのいわれるように、準拠枠（frame of reference）として変わってゆきます。また、南方熊楠は、自我は「単我」ではなく、複数の我の集合であると書いていますが、これもミードに通じると思います。

以前のお手紙の中で、多田さんは「階層性の超越」ということをいわれ、階層を超越すれば、新しい説明原理が必要になるといわれました。それに対して、わたしは、階層性の超越には、常に「自己」が介在するといいました。個体としての「自己」は、まず多数の細胞から成る小さい生命体として説明することができるでしょう。そしてその小さい生命体はもっとも小さい社会システムである家族の一員としての「自己」を、そして社会全体の中の「自己」を意識するようになると、家族と「自己」、学校と「自己」、そして社会全体と「自己」との関係の説明原理を、次々に発見しなければなりません。そしてさらに最大の生命体としての宇宙と、「自己」との関係についての説明原理を新しく考えなければならないということが、「階層性の超越」ということの意味だというように、わたしは理解していましたが、これでよろしいでしょうか。

わたし自身について考えますと、倒れる前はまことに健康（と過信していました）で、嵐がきても、台風がきても、約束があれば、国内外を問わず飛行機でどこへでも飛んでゆきました。それが今では、飛行機どころか、車椅子にシートベルトをつけて、自分で自分をしばりつけているのです。たしかに、体力は日々低下しています。倒れた翌朝は、小さな虫になったと思いました。その後も、大腿骨骨折とか、車椅子から滑り落ちるとか、事故を起こすたびに、自分は虫になったと感じます。まことに自己とは、同時的にも、通時的にも変化《へんげ》自在のものと思われます。ところが脳出血以前と以後で変らないのは気の強さです。逆境にあっても、気が滅入るということがないのです。

自分が生まれてから八十四歳になる現在まで、地層のように積み重ねてきた「われ」があります。今は「われ」という地層を掘りつづけている時期です。それぞれの時期に、外見も、感じたことも、考えたことも違いますが、「われ」は生まれてから死ぬまで一貫性があると思います。「われ」という地層を掘りすすめてゆけば、生まれる前の祖先、そして人間以前の生きものだった「われ」に出会えるかもしれません。わたしが今暮らしている高齢者施設に以前におられた診療所のお医者さまに、「わたしは、躁病ではないでしょうか」とうかがったら、「そうやね、軽躁病やね」といわれました。どんな逆境にあっても、「いまが一番幸福」と思ってしまうのです。

わたしの父が脳梗塞で倒れて、わたしは十四年間、家で父の世話をいたしました。もちろん看護婦を二人頼んで、それでいっしょに世話をしていたわけですけれども、そのころは、わたしが先に死んだら父がどうなるかと思って、もう心配で堪らないという状態だったのですけれども、その時でも「今が一番幸福」といつでも思っていたのです。どんな時でも、気をたしかに保っていれば、新しい人生を切り拓くことができると思うのです。このように、父親がわたしを育てた、あるいはこれがわたしの父祖からえた遺伝子なのかもしれません。

「自己」と「われ」

もうひとつ、多田さんからむずかしいご指摘がありました。

もうひとつの問題は、「自己」と「われ」という難しい問題です。最近の佐佐木幸綱さんとの対談に触れられている「われ」は、今まで話してきた生物学的「自己」より根源的なものと承知します。

自然科学では「自己」といいますが、やまとことばでは「われ」を使います。「われ」というのは『万葉集』にありますが、「自己」はあとから出来たことば、翻訳用語なのです。わたしは「自己」と聞くと「ズージー」という中国語を思い浮かべます。

ですから歌を詠むときは「自己」なんて言いません。歌ことばは「われ」なんです。このごろは「わたし」「わたくし」ということばも使いますが、中村元さんによると、「わたくし」というのは「おおやけ」（「大家《おほやけ》」つまり天皇の家）に対する対照的なことばとして作られたのだそうです。ただしこれも、publicに対するprivateを「わたくし」と訳したことから、翻訳語として使われるようになったのです。

日本の社会に偶然生まれ落ちたわたしとしては、「われ」と言った方が親しみを感じます。ああ、自分のことを言っているのだなあ、このわたしのことなんだなあ、と思うのです。このわたしに近い気がするのです。だから「われ」とか「わが」が、わたしにとっては使いやすいことばです。「自己」と「われ」と、どちらが深いか浅いかは、わたしにはわかりませんが、「われ」と言うと、「自己」と言うより重みがある気がします。「われ」は、他のものではなく、ここにいるこのわたしなんだ、という感じです。

そして、「われ」は地層なんです。自分というものは地層であって、今いる「われ」というのは一番浅い層で、深く掘っていくと、わたしのトーテムは鶴だと信じていますから、最後に鶴になってしまう。中村桂子さんなら大腸菌に達するし、南方熊楠なら粘菌に達するかもしれません。

今の人は、やまとことばは死語だと思っているかもしれませんが、わたしにとっては生きていることばなんです。わたしはたまたま歌を学んできたために、やまとことばにすればどう言えるのかな、と思うことばがたくさんあって、やまとことばを思いつくとやっと気が落ち着くのです。佐佐木幸綱さんと対談したときに、「循環」をやまとことばでいうとどうなるかをお聞きしました。わたしは「へめぐる」と言いたいと思います。「循環」というと違うことになってしまう。やまとことばで言ってみると活気づく——生きていることばになってくるのです。

やまとことばが、すべての人にとっての「根」かどうかはわかりません。でもわたしにとっては、なつかしいことばなのです。なつかしいことばで「言う」のは易しいのだけれど、「書く」ときには外来語になってしまう。今まではずっと外来語で論文を書いてきましたが、でも今は、自分の思想をやまとことばで表現したいと思うのです。

多田さんは、とても面白いことを指摘して下さったと思います。「われ」と「自己」は同じ意味をもつけれど、わたしにとっては響きがちがうのです。「われ」と言った方が、なつかしい感じと、「われ」の地層を掘り下げていく感じがするのです。「自己」ということばからは、わたしのなかには新しい連想が生まれません。なにか自分を限定してしまう。けれども「われ」は地層であり、だから掘り下げることができます。そして何かすごくなつかしい、いろいろな思いが噴き出してくる。「われ」はあいまいで、ふわふわしているから、拡がっていって、いろいろなものがそこから出てくる。

多田さんはアインシュタインを新作能（『一石仙人』）にされましたが、これはたいへん面白いことだと思うのです。アインシュタインの相対性理論という外来理論を、やまとことばで創造した。だから多田さんも、「われ」と「自己」の両面を使ってらっしゃるわけです。多田さんは、お能の作者であり、同時に免疫学という先端の自然科学の研究者であるから、使い分けができるのでしょう。そのあいだをいったりきたりしていらっしゃるから、新しい超越の原理を考えられるのでしょう。ことばを使い分けることで新しい階層、コンテキストにおいて何が言えるか違ってくるのだと思います。

「われ」と「なれ」

「自己」でないものが「非自己」だとしたら、「われ」の対語は「なれ」です。「なれ」は、歌垣《うたがき》などで、相聞《そうもん》の相手を「なれ」と呼びかけるときのことばです。

佐佐木幸綱説によれば、古代には共同体の中に「われ」が埋没していた。

古代律令制が確立した時期に、中央集権制に対して、そしてより身近には、家父長制に対する抵抗の主体として、「われ」が意識化された、ということです。明治になって、天皇制が確立されたことによって、再び「われ」が抵抗の主体として意識される。近代短歌のなかでこの「われ」が主体としてはっきり使われるようになったということです。

一方、「自己」に対する「非自己」は、「他者」です。そして自己(A)と非自己(non-A)は、すぱっと切れている。「われ」はもやもやしているから、「われ以外のもの」が限定的には出てこないのです。

ただ『生命の意味論』のなかで、多田さんは、明確だと思われていた「自己」と「非自己」のあいだも実はあいまいで、そして、あいまいだから創造ができるということをお書きになっています。「自己」が「自己言及的」に「非自己」を処理する——つまり、「自己」には「非自己」が含まれているということになりますね。

柳瀬睦男さんが研究していらっしゃる量子力学に「観測の理論」というものがあります。物質の一番小さい単位である量子は、粒子性と波動性という二つの性質を具えているということがわかっています。粒子であるという性質は、量子がどこにあるかという「位置」を観測することでわかる。しかし「位置」を観測すると「波動」は見えなくなる。逆に「波動」を観測するには変化を捉えなければならず、「位置」を定めることはできなくなる。

今まで自然科学では、自己と対象とをはっきり区別して観察すれば客観性があると思われてきました。ところが自己が介入しなければ観測はできない。しかし介入すれば対象を変わらせてしまい、位置と変化とを同時に捉えることはできなくなってしまう。観測するために主体が客体に介入することによって、客体の中に自己が含まれてしまう。今まで主体と客体とを分けてきたけれども、客体が「自己を含む集団」になってしまうのです。そのときに、客観的な観測はどうしたらできるのか。

「われ」や「自己」の問題も、そういう問題に近いのではないでしょうか。「われ」がなければ研究はできない。しかし「われ」が介入することで対象は変わってしまう。あるいは「自己」を規定することで「非自己」が決まるとすると、「非自己」はすでに「自己」を含んでいることになります。これは、つきつめればつきつめるほどわからなくなって、どこまで行っても答えが出ない。ただ問題があるのはまちがいなく、多田さんはそれに気付かせて下さいました。

この往復書簡は、「自己」と「非自己」の問題、あいまいな「自己」の創造性という問題から始まりました。最後にけっきょく、また「自己」と「非自己」という最初の問題に還ってきましたね。

異種の生きものが共に生きる社会

つぎに自然科学と社会学との違いについて、多田さんの明晰な分析についてお応えしなければなりません。

自然科学は、なにが、どこで、いつ、どのようにして、を問うけれども、なぜを問わない。ところが、生命を研究対象とすれば、なぜそうなったか、にふみこまざるを得ない。そこで多田さんは、「スーパーシステム」としての生命という新しい概念を創出されました。「スーパーシステム」とは、自ら自己を組織するシステムと定義しておられます。そして、このような考え方は「自然科学では異端と非難を受けるでしょう」と述べておられます。

多くの研究者が新しい概念を認め、それを理論構築に使うようになったときに、「異端」は「正統」になるのだと考えます。その意味で「スーパーシステム」という概念はすでに正統になりつつあるのではないでしょうか。

社会学は、社会科学の中で、比較的若い領域なので、「科学」になろうとして、各時代の最先端の自然科学の概念をとり入れようとしてきました。十九世紀の先端科学は生物学でした。たとえばハーバート・スペンサーは社会有機体説および社会進化論を提唱しました。デュルケームは、機械的連帯と有機体的連帯という類型を考えました。二十世紀前半には量子力学が展開されて、物理学が先端科学になりました。タルコット・パーソンズは、相補性の原理を、量子力学で使われているのとは違った意味で使っています。パーソンズの弟子で、プリンストン大学のわたしの恩師であるマリオン・リーヴィ教授は、鍵となる概念を厳密に定義し、それらの概念を使って、近代化についての整合性のある仮説群と類型論とから成る理論体系を構築しました。（Marion J. Levy, Jr., *Modernization and the Structure of Societies*, Princeton University Press, 1966.）

パーソンズもリーヴィも社会をシステムとしてとらえています。そして社会システムをつぎのように定義します。システムとは複数の同種のメンバーから成り立ち、一定の型（構造）を持つ、そして、どの個々のメンバーよりも長く存続する。社会システムの最も大きいものは社会である。パーソンズは、社会は国家と境界線を一にする、といっています。

社会システムを、複数の同種のメンバーから成り立つ、と定義することによって、チンパンジーでも、草かげろうでも、社会体系として扱うことができるので、サルの社会と人間の社会の比較が可能になります。その意味で、社会体系を人間に限らないという点ではおもしろいのですが、異種の生物の間では社会体系は成り立たないのです。水俣の現地調査では、海も魚も人間も猫も共に生きている地域社会という意識が住民の中にあって、異種の生きものが共に生きられる地域社会の復原が水俣病患者の運動の目標であったことを知り、わたしが学んできた社会学の概念と方法では、水俣病の問題をとらえきることができないということがわかったのです。

そこでさいごに教えていただきたいのは、多田さんが創出された「スーパーシステム」は、同種の複数の個体に限って成立するのでしょうか、それとも異種の個体もふくむものなのでしょうか。

二十一世紀の先端科学は、免疫学をはじめとする生命科学です。免疫学の立場から、多田さんは、「スーパーシステム」という新しい概念を創出されました。中村桂子さんは、生物学から「生命誌」という新しい領域を開拓されました。

わたしは、多田さんとの往復書簡、および中村桂子さんとの対談から非常に大事なことを教えていただきました。現代の先端科学は、免疫学と生命誌をふくむ生命科学です。社会学は、人間を対象としながら、その基本である生命の問題をとり落してきたように思います。これは水俣調査に現地にいったときに、はじめて気がつきました。そして自分が脳出血で倒れてから、特にそのことを感じています。

そこで、地域社会をシステムとしてよりも、「スーパーシステム」としてとらえ直し、その地域社会の文化を「スーパーシステム」としてとらえ、その地域社会に生きるすべての生きものの生命と人間の生命とをつなげて考える「生命誌」の知見に導かれて、内発的発展論を深めてゆく道をこれからも生命《いのち》ある限り考えてゆきたいと思います。

免疫学について、生命科学について、まったく無知であったわたくしを相手にして、このように真摯な議論を展開して下さった多田さんに深く感謝いたします。

新しい年に向けて、倒れられてから、多田さんの中に生まれた「新しい人間」がさらに大きく成長して、さらなる発見と創造をされますよう祈念し、期待しております。

二〇〇三年一月二十六日　宇治にて

鶴見和子

自己と他者について

……二〇〇三年三月二十日

多田富雄

鶴見和子さんへ

いつも変わらぬ迫力あるお手紙、有難うございました。もうこれが最終回とか、一年の間緊張感を持って過ごしましたが、これでお別れとなると、名残がつきません。対談でしたらお別れに一献ということになるのでしょうが、障害を持った上言葉のしゃべれない悲しさ、紙上で乾杯を叫びます。またの機会をお待ちします。

自己の同一性

今回も鋭い問題提起がありました。まず、再び「自己」の安定性の問題です。それは言い換えれば、「自己」の同一性（アイデンティティー）はどのようにして保たれるかという問題です。

鶴見さんは、まず自己の定義に言及して、アメリカの哲学者、ジョージ・ハーバート・ミードの言葉を引いて、主体としての「自己」(I)と客体としての「自己」(me)を区別しておられます。そして大本の「自己」は常に変化し続けながらも、一生にわたって一貫した行動様式を保っているとおっしゃいました。

それは、自己のアイデンティティーの問題になります。アイデンティティーというからには、いったい何と何がアイデンティカル（同一）なのかという疑問がわいてきます。おそらくひとつは、主体としての「自己」と客体としての「自己」、つまり見る「自己」と見られる「自己」とが同一と思うかという質問になると思いますが、鶴見さんのお手紙に、それに対する明快なご回答がありました。それは、自己言及的な変化は、主体としての「自己」を準拠枠としているために常に安定しているということですね。

すなわちどんなに変わったといっても、遺伝的に決められた根源的な「自己」を参照し、またそれに準拠していれば、「自己」は維持できるというわけです。免疫学でもそのような self reference system として働く主要組織適合抗原という遺伝的に決められた分子群があります。たとえ他人の細胞を入れて「自己」を変化させようとしても、この分子があって容易には変わらない。外から入れた細胞は、組織適合抗原に適応し、それを「自己」と見るように再教育されてしまうのです。

それゆえに、見る「自己」（自己を認識する免疫細胞）と見られる「自己」（組織適合抗原）との関係が安定に保たれる。鶴見さんの例で言えば、脳梗塞でお父様を介護する（見る）鶴見さんと、脳出血で他人に介護される（見られる）鶴見さんには、見事に同一性が保たれている。お手紙で語られているお父様とのエピソードはそれを示しています。

もうひとつは、「自己」は時間的に安定かどうかということです。日々変化している自己。昨日の「自己」と、今日の「自己」とは同じだという保証はない。でもおっしゃるとおり、基本的には同じ行動様式を続けています。いかなる逆境にあっても前向きという行動様式は、遺伝的に決まったものでしょう。それを参照しながら、他の後天的性質が付与されていった。

そのように安定的に「自己」が保たれるのは、自己言及的なシステムの値打ちですね。工学的機械ではこうはうまくいかない。私がスーパーシステムを特別扱いにしたのはこの理由からです。時には間違うこともあるけれど、今はこれに勝るシステムはないと思いますが、それに社会学者からお墨付きをいただいたようで、うれしく思いました。

階層と自己

次に階層性と「自己」の問題を、もう一度考えて見たいと思います。「自己」といえるものがはっきりと生まれたのは、生物の階層からではないでしょうか。分子の階層では自己も非自己もない。似たようなものは物質レベルでもあるかもしれませんが、自己の誕生は生物のレベルからです。そしていったん生まれてしまうと、新しい原理を発明します。それが自己複製と自己保存の原理です。超越とはこういう新しい原理をさしています。階層が変わって、今までになかった新しい体制が発明されるという出来事です。

自己複製の原理を得てしまうと、同じ原理を使って次々に多様化し、ついには人間まで生み出してしまったのです。進化の原動力は自己複製の誤り、つまり突然変異から来ています。

一方、同じ生物でも単細胞生物に代表される菌類と、植物では階層が違いますし、動物になると、植物にはなかった体制ができます。その点粘菌は、菌界、植物界、動物界を自在に行き来する不思議な生物です。

南方熊楠が興味を持ったのは、こういう階層を越えて生きる原理、すなわち超越の原理ではないかと思ったのです。この超越を可能にしているのは何なのか。

人間という生物が生まれれば、必然的に家族を作り、社会を作り、国家を作り、次々に階層を越える原理を発見していった。それは生物が単細胞から多細胞になり、植物界、動物界というように、進化の過程で階層を越える原理を発見して来た延長線上にあるのではないかと思ったのです。

鶴見さんの観点は、より高い階層の問題に注目している。人間になってからの段階、つまり社会の成立を、「自己」という説明原理でお話しくださったものと思います。私は「自己」を持たない分子や遺伝子でも、一種の自己組織化の原理を使えば、あたかも「自己」というものがあるかのように、次々に階層を越えて進化することができると考えたのです。分子が細胞を作ったり、遺伝子がゲノムを構成したりするのは自己組織化があって初めてできることです。さらに単細胞生物から始まって、ついには人間に進化する過程では、スーパーシステムという新しい原理が生まれたのです。それは生物にとって、「超越」の名に値する大発明だったと思います。

鶴見さんは、そこで人間が階層を越えるためには、「自己」という接点があるといわれ、人間と社会との接点を「自己」で説明された。私は、最も原始的な細胞の社会も「自己組織化」という原理で説明できると言ったのですから、期せずして一致していたことにびっくりしたのです。

さて南方熊楠の粘菌に対する興味との関係で、鶴見さんが、脳出血の後でご自分を小さな虫になったとお感じになったというのは、象徴的なことかもしれません。私も同じような体験があります。私の場合は虫のほかに魚や植物になった幻覚です。私は構音障害があって、言葉がまったくしゃべれません。その上、高度の嚥下障害があり、唾液さえ飲み込めず、常に咳と痰に悩まされていました。

夜一人で病室で目覚めたとき、不意に自分が水草の陰に息を凝らしている二センチぐらいの深海魚になって、ピラニアやもっと大きい魚に飲み込まれる夢を見ました。それが病院にあった青い水槽の中で起こるのです。叫ぼうとしても声が出ませんから、恐ろしい体験でした。

そうかと思うと、自分の舌がぬらぬらした粘液の糸をたらした食虫植物の葉っぱになって、昆虫を絡め取って摂食する夢を見ることもありました。動こうとしても動かない自分の舌を、無意識のうちに植物の葉と錯覚したのだと思います。夢うつつの期間でした。

鶴見さんの「回生」には、いったん虫になって、それから人間に戻るという暗喩が含まれるのではないでしょうか。私は今になってつくづく思うと、この世に徐々に戻って来る過程では、いろいろな変身、メタモルフォーシスを経験するのではないかと思っています。まるで南方の粘菌のように、超越を繰り返して……。

自己とわれ

「自己」は不安定ながら同一性を保つところまではよくわかるのですが、「われ」というやまと言葉で記される自己には、なかなか自信がありません。「自己」よりもうひとつ掘り下げた地層に、より根源的な「われ」があるとすれば、それこそ実存的自己かも知れません。

同じ議論を、以前に中村桂子さんや養老孟司さんとしたことがあります。そのときは、「私」という堅固で連続したものを感じているかという議論だったと思います。でも同じ意味です。過去の自分が、同一性を持って現在の自分につながっているかどうかに、養老さんも私も自信がないといったのに対して、中村さんは安定した「自己」をいつも感じているとお答えになったのを思い出します。そのときは二人で「やはり女はすごい」と感じ入ったものです。男には根源的な「自己」に自信がもてないのです。近代的自我とか、自己の確立というような理屈ばかり考えている。まさに「男は現象、女は存在」です。

鶴見さんも見事に根源的「われ」を持っておられます。われは地層のように積み重なって、それをこれから探索したいといわれる。その探検の成果を期待します。

このように「われ」を時間的に積分する見方は、お能によく現れる現象です。たとえば老女物というジャンルがあって、『姥捨』、『桧垣』、『関寺小町』の三曲は、お能の最奥の作品として別格に扱われます。ほかに『卒塔婆小町』や『鸚鵡小町』も百歳に余る老女がメインキャラクターです。

ここで老女は、単なる老いの成れの果てとして描かれるのでなく、若かりし頃から今に至る時間が重層したものとして現れます。能『関寺小町』

で「また古事《ふること》になりゆく身の、せめて今はまた、昔の老いぞ恋しき」と、老いを初めて鏡の中に発見した昔のショックを懐かしむところがあります。老いそのものが重層している。時間の積分です。

鶴見さんの「われ」も一瞬の横断面ではなく、重層している。それが「われ」の強さではないでしょうか。卒塔婆小町のように生まれぬ先の地層への探検が、これからも続くことでしょう。

エコロジーという思想

最後に、異種のスーパーシステムの中での位置づけについて私の考えを発展させてみましょう。

個体レベルでの免疫系は、自己と他者（not self）を識別し、他者から「自己」を守る反応です。この場合他者とは異種のみならず、同種の他の個体まで含みます。人間どうしの移植でも拒絶反応が起きるのはそのためです。その点免疫は、一見きわめて不寛容です。

異物として認識するものの代表は、異種蛋白質です。たとえば人間に犬の血液を注射すれば抗体を作るが、犬に犬の血液を注射しても原則として抗体はできない。犬は犬の蛋白に、人は人の蛋白に、原則的には寛容になっていると考えるのです。同種の蛋白に対しては、異なった反応様式で対応しています。

これはいかにも個体の免疫系では、異種を排除の対象、異物としてしか扱っていないように見えます。でも階層をもうひとつ越えて、生態系の中での免疫スーパーシステムという文脈では違うと思うのです。

免疫系が生まれたのはヤツメウナギくらいからですが、それが今の人間の免疫のように進化したのは、たえざる抗原の刺激によるものです。他者の抗原が、抗体の「内部イメージ」として、免疫系に取り込まれていると指摘する学者もいます。「他者」と「自己」の緊張関係が免疫スーパーシステムを成立させるとすれば、異種は単なる排除の対象ではない。スーパーシステムのワールドでは異種は同種と同様に、いやもっと重要な構成要素になっているといえると思います。

免疫スーパーシステムという世界では、異種、同種が互いに反応しつつ、免疫のレパートリーの拡大、抗体の多様性の維持、反応様式の多様化に役立ってきたと考えるのが妥当です。

地球環境自体も、大きな意味でスーパーシステムのひとつであると、私は『生命の意味論』で主張しました。それは多様な生物が、共生しながら、長い時間をかけて作り上げたものです。その構成要素は生物の種ですが、それぞれの種のルールだけでは環境は成り立たない。階層をひとつ越えた、環境のルールという新しい原理に従わなければ生きられない。エコロジーという思想です。

そこでの緊張関係が共生です。共生の掟は守られなければならない。それが守られなければ、共生ではなく共死に陥る。そういう認識が、ようやくできようとしているところです。

環境ホルモンのもうひとつの側面

ところがそれを危うくさせる問題が生じています。いわゆる環境ホルモン（内分泌攪乱物質）です。超微量で生殖機能に影響を及ぼすというので、恐れられています。

でも私はもうひとつ、別の側面があると思っています。ご承知のように、生物には内部環境と外部環境の二つがあります。内部環境はホルモンや神経などによって統御され、外部環境からは独立した世界を保っています。体液の組成やホルモンの濃度など、外部環境が変わっても、内部環境は容易には変わらないようになっている。いわゆるホメオスターシスです。生物はこのために安定した状態に保たれているのです。

ところが環境ホルモンの出現は、この境界を取り払ってしまった。外部環境が内部環境に直接つながってしまうという、生物学の掟を破る事態になったのです。外部環境が内部環境に直接つながってしまった。とんでもない事態です。

外部環境に存在する生理活性を持った物質、一般には蛋白質のような高分子ですが、それが内部に侵入した場合は、すぐに免疫が働いて排除します。内部環境がディスターブ（攪乱）されることはないわけです。食物に含まれる生理活性物質や、細菌などの毒素も免疫で排除されます。私は、免疫は伝染病を予防するためのものというより、内部環境を守るという役割のほうが大きいのではないかとさえ思います。

ところが環境ホルモンは、低分子の化学物質です。免疫が異物と認めがたいほどの低分子物質なのです。しかも超微量で、種の生殖系に持続的な影響を及ぼします。

人類はこの生物学の掟破りには、決意を持って対処しなければなりません。スーパーシステムの最大のルール違反だからです。システムそのものが崩壊します。

今日は、アメリカの対イラク戦争が始まった日です。どうも最悪のシナリオになってしまいました。ルール違反を双方ともしたわけですが、戦争という最後の手段をこう簡単に使うのは、一神教の原理主義のせいでしょうか。次々に報道される映像は、心を凍らせます。

誰も何もできなかった。無力感と絶望で打ちひしがれています。今はただ早期に終わること、犠牲が少ないことを祈るだけです。

一年の間お便りで交流させていただいて、どんなに心を鼓舞されたかわかりません。おかげで緊張した時間を持つことができました。領域を超えた質問を許してくださり、さぞお疲れになったでしょう。「われ」の地層に、山姥のように山めぐりする鶴見さんの旅の成果に期待しています。

二〇〇三年三月二十日　　湯島の寓居にて

多田富雄

山姥の声　あとがき

多田富雄

　私が脳梗塞で倒れたのは、鶴見和子さんとの対談の日にちが決まってからの二〇〇一年五月二日のことでした。東北、北陸への旅から帰ったら、宇治の里に鶴見さんをお訪ねするというのが、私の予定でした。思いがけなく旅先で半身不随となり、救いのない絶望の日々を送っていたのですが、病床でもお会いする機を逸した慙愧の念が去来していました。

　鶴見さんが日本人には数少ない、国際的に通用する「自説」を持った社会学者であることは知っていました。数年前に脳出血を起こして体が不自由になってからも、絶え間なく強力なメッセージを送り続けていることは聞き及んでいました。

　でもそれまで、ご著書を精読したこともないし、専門もまるで違うので、何を話したらよいか、皆目見当もつかなかったのです。とにかくお会いして、胸をお借りしたいぐらいの気持ちでした。

ところが、思いもかけず同じ半身不随の身になってみると、こんな状態の中でいかにして創造的な仕事を続けていかれたのか、絶望をどう克服していったのか、ますますお会いしてうかがってみたい気持ちがわいてきました。しかし、悲しいかな今度はこちらが身動きできず、言葉もしゃべれない身となってしまったのです。

そんな時、鶴見さんから歌集『回生』が、そして『花道』が送られてきました。不自由な体で、かろうじて使える左手だけが偶然めくったどのページにも、精神を元気にさせる秀歌が載っていました。どんなに力づけられたか分かりません。

地の魂《たま》を喚び起しつつ歩むなり杖音勁《つよ》く打ちひゞかせて

という力強い歌を読むと、失礼な言い方になるかもしれませんが、能の「山姥」が鹿背《かせ》杖を響かせながら橋掛かりを歩いてくるのを見るようで、心強く思いました。もっと優しい「関寺小町」や「鸚鵡小町」だったらいいのですが、鶴見さんお許しください。

それから私は鶴見さんを失礼ながら「山姥」に見立てることにしました。「よしあしびきの山姥が山めぐりするぞ苦しき」と能で謡われるように、山姥は苦しいのです。それでも「輪廻を離れる」ため山めぐりを続けている。

我がうちの埋蔵資源発掘し新しき象《かたち》創りてゆかむ

というのは、山姥の妄執とも映るかもしれません。

藤原書店の藤原良雄さんのご配慮で、対談ではなく往復書簡集の形で対話をしてみないかという話になりました。願ってもない機会です。しかし、私は慣れないワープロで、ポツリポツリ左手だけで打つので、早くは書けません。鶴見さんはテープに入れて声のお便りだそうです。

どうなることかと心配していたところに、最初のお手紙が来ました。それは目の覚めるような明晰、かつ鋭い問題提起から始まりました。腹筋を使った力強い声です。声の出ない私は、たじたじとなりました。それも論理が通って、てにをはにも一字も間違いがない。声は力だというのは、まさにこのことです。

それに専門の違うところで、ただでさえ難しい問題に答えなければならない。自然科学の立場を社会科学に置き換えてお話しするのは、至難のことでした。勉強はしていても言葉が違うのです。思い違いも何度かありました。見当違いの議論があったとすれば、私の不行き届きのせいです。

その間鶴見さんは、大腿骨骨折で入院され、一時お仕事を中断されたこともありました。同じ障害を持つ私には、その事故がどんなに気力をそぐものか痛いほど分かったのです。第五回のお手紙は、お声まで元気がなくて心配しましたが、失礼な言い方になるかもしれませんが、お能の「山姥」が白髪頭を振りたてて、ワキの旅人に道を説いて聞かせているようで、身の震える思いがしました。

それでも次の回では、腹筋を使った力強い岩根をも動かす声で「多田さん」と呼びかけてくださり、これなら大丈夫と安心しました。鶴見さんの声は自信があふれ、曖昧さを許さない威厳に満ちていました。

私は押され気味でしたが、できるだけ誠実にご質問にはお答えしたつもりです。それにしても、鶴見さんの気力は凄みがあります。これから自分の中に深く積もった地層を、踏破する旅を続けるというのですから。その旅の幸多いことを祈ります。

自然科学、ことに生物学には、社会科学的観点が必要であることを、改めて教えられたことも有難かった。今まで専門の免疫学を、他の領域の人文科学に照らしてみたことは少なかったのですが、今回の対話によってそれが可能であることがわかりました。そして、社会科学でも生物学でも、行き着くところの問題には共通性があることに気づかされました。「自己」などというのは、ひとつの分野で扱うのは無理なので、領域を超えた議論がこれからも必要であることを痛感しました。

この一年間、リハビリを日課としながらも、知的な緊張をもって過ごすことができたのは、鶴見さんの「山姥」に励まされたおかげです。社会科学にまったく無知なものに、親切に導いてくれたことに感謝します。

二〇〇三年五月十五日

あとがき

鶴見和子

多田富雄さんとは対談の日取りがきまっていて、たのしみ、というよりは、免疫学というわたしにとっては全く未知の学問の最高の学者と、いったいわたしはお話ができるのだろうかという恐れをもって、その日を待っていた。ところが、その直前に脳梗塞で倒れられたと藤原書店からおしらせをいただいた。がっかりしたのだが、多田さんは構音障害で対談は無理だけれど、ワープロで書くことはおできになるので、往復書簡にしてほしいとお申し出下さった。わたしは、これはまことに有り難い幸いと思って、お引き受けした。その時すでにわたしは多田さんの「鈍重な巨人　脳梗塞からの生還」（『文藝春秋』二〇〇二年新年号）を拝読して、その明晰でりっぱなご文章に感嘆して、これほどまでに回復されたかと思って、うれしかった。

今にして考えると、対談よりも往復書簡の方がよかった、と思う。むずかしい問題ばかりなので、時間をかけて書くことで、わたしの方は稚拙ではあるが、考えがいく分か深まったように思う。

多田さんは、免疫学という自然科学の専門家であると同時に、創造的な思想家だと、わたしは思う。そしてその創造性の源は、「脳の中の能舞台」に由来しているのだと思いついた。多田さんは国際免疫学会会長として、免疫学について、常に英文で論文を書いて国際学会で発表してこられた。しかし、『生命の意味論』『免疫の意味論』は、りっぱな日本語で、むずかしいことをわかりやすく身に沁み入るように書かれている。これらの作品は、新作能「免疫学」といってもいいのではないだろうか。なにしろアインシュタインの相対性理論を新作能『一石仙人』に描いてしまった天才人なのだから。

このことは、わたしにとって、大きな衝撃であった。私は元気な頃は、国際会議で発表する社会学の論文は、もちろん英文で書いていた。そして、日本語の論文は、まず英語で考えてそれを日本語におきかえて書いていた。こんなやり方ではだめなのである。それは一種の翻訳であって、創造ではないからだ。倒れてからは、まず感じたこと、考えたことを、短歌にする。それからこれを敷衍して文章にするというやり方になってしまった。意識的にそうするというより、しぜんにそのようになってしまったのだ。創造性とは、これまでむすびつかないと考えられていたものごとや考えをむすびつけて、新しい理論や作品を生み出すことに成功することだ、と心理学者のシルヴァノ・アリエティはいっている（Silvano Arieti, *Creativity : A Magic Synthesis*）。日本の古典芸術である能と、ドイツの近代物理学者の理論とをむすびつける多田富雄さんの『一石仙人』は、まさにそのような創造性の産物である。

多田富雄さんのスーパーシステムという創造的概念は、日本の古典芸術としての能と、近代になって海外で生まれた自然科学の理論としての免疫学とを多田さんの「脳の中の能舞台」で格闘させて結びつけた結果生まれたものではないだろうか。

異質なものとのぶつかりあいが創造性の源であるとすれば、現在地球上で起きていることは、自分と違うものは敵と見なして、排除してしまうという論理にもとづいている。地球上が単一の価値・単一の文化になってしまえば、創造性の根源は絶たれてしまうだろう。

異なるものが異なるままに共生するという論理を、どのようにして実現できるか。これからも考えつづけてゆくために、多田さんとの一年にわたった往復書簡は、よい道しるべになった。これをこれから何回も読みかえして、教えていただいたことを、深く心に刻みたいと思う。

これからの社会学を考えるときに、人間およびその他の生きものの生命を基本にすえて考え直さなければならないだろう。そのためにこれまでわたしが全く無知であった生命科学の理論を、生命誌の中村桂子さん（『鶴見和子・対話まんだら　四十億年の私の「生命」』）についで、免疫学の多田富雄さんに教えていただいたことは、わたしにとって最高の収穫であった。まだ十分に理解しえてはいないが、すくなくとも、勉強のいとぐちを見いだしたように思う。

大病のご治療中に、わたしのたどたどしい書簡に心をこめて対応し、丁寧にお教え下さった多田富雄さんに対する感謝はことばには尽せない。そして、この奇しきめぐりあいをとりもって下さった藤原書店の藤原良雄さんに深く感謝申し上げる。編集と注をつけて下さった刈屋琢さんに厚く御礼を申し上げたい。

山巡り八年《やとせ》をけみしいみじくもよき邂逅に心ときめく

二〇〇三年四月十三日

多田富雄 Tada Tomio

一九三四年、茨城県結城市生まれ。東京大学名誉教授。専攻・免疫学。元・国際免疫学会連合会長。一九五九年千葉大学医学部卒業。同大学医学部教授、東京大学医学部教授を歴任。七一年、免疫応答を調整するサプレッサー（抑制）T細胞を発見、野口英世記念医学賞、エミール・フォン・ベーリング賞、朝日賞など多数受賞。八四年文化功労者。

能に造詣が深く、舞台で小鼓を自ら打ち、新作能『無明の井』『望恨歌』『一石仙人』『原爆忌』『長崎の聖母』『沖縄残月記』『横浜残月記』等を発表（『多田富雄新作能全集』藤原書店、所収）。二〇〇一年五月二日、出張先の金沢で脳梗塞に倒れ、右半身麻痺と仮性球麻痺の後遺症で構音障害、嚥下障害となる。二〇一〇年四月二十一日歿。

著書に『免疫の意味論』（大佛次郎賞）（青土社）『生命の意味論』『脳の中の能舞台』（新潮社）『独酌余滴』（日本エッセイストクラブ賞、朝日新聞社）『寡黙なる巨人』（小林秀雄賞、集英社）『能の見える風景』『言魂』（石牟礼道子と共著）『花供養』（白洲正子と共著）（藤原書店）等、詩集に『全詩集 歌占』『詩集 寛容』（藤原書店）がある。

鶴見和子 Tsurumi Kazuko

一九一八年、東京生まれ。

上智大学名誉教授。専攻・比較社会学。一九三九年津田英学塾卒業後、四一年ヴァッサー大学哲学修士号取得。六六年プリンストン大学社会学博士号を取得。論文名 *Social Change and the Individual : Japan before and after Defeat in World War II* (Princeton Univ. Press, 1970)。上智大学外国語学部教授、同大学国際関係研究所所長を務める。九五年南方熊楠賞受賞。九九年度朝日賞受賞。

幼少より佐佐木信綱門下で短歌を学び、花柳徳太郎のもとで踊りを習う（二十歳で花柳徳和子を名取り）。一九九五年十二月二十四日、自宅にて脳出血に倒れ、左片麻痺となる。二〇〇六年七月三十一日歿。

著書に『コレクション　鶴見和子曼荼羅』（全九巻）『南方熊楠・萃点の思想』『鶴見和子・対話まんだら』『「対話」の文化』『いのちを纏う』『米寿快談』『魂との出会い』『遺言』『「内発的発展」とは何か』、歌集に『回生』『花道』『山姥』（以上、藤原書店）など多数。

邂《かい》逅《こう》

2003年６月15日　初版第１刷発行©
2012年11月30日　初版第10刷発行

著　者　多田富雄
　　　　鶴見和子

発行者　藤原良雄

発行所　株式会社 藤原書店
〒162-0041　東京都新宿区早稲田鶴巻町523
電話　03（5272）0301
FAX　03（5272）0450
振替　00160-4-17013

印刷・美研プリンティング　製本・中央精版印刷

Printed in Japan
ISBN978-4-89434-340-5